JN163763

ラストで君は「まさか!」と言う

時のはざま

PHP

もくじ

contents

●執筆担当

たかはし みか（p. 6〜9、18 〜 27、63 〜 68、86 〜 93、115 〜 122、162 〜 167、173 〜 179）
桐谷 直（p.10 〜 17、28 〜 33、40 〜 46、99 〜 105、123 〜 131、138 〜 142、187 〜 194）
ささき かつお（p.34 〜 39、47 〜 54、76 〜 85、132 〜 137、143 〜 152、168 〜 172、195 〜 199）
萩原弓佳（p.55 〜 62、69 〜 75、94 〜 98、106 〜 114、153 〜 161、180 〜 186、200 〜 207）

恋のライバル

好きな人ができた。中二のクラス替えで、初めて同じクラスになった山本くん。

「ねぇ、ユズハちゃんって好きな人いないの？」

「えっ？　い、いないよ！」

山本くんと同じく、今年初めて同じクラスになったナズナちゃんとは、とっても仲よくなったけど、まだ山本くんを好きだってことは言っていない。なんとなく照れくさくて、言えなかったのだ。

ある日の教室で、いつものように山本くんと話していた時、男子のだれかが、

「なぁ、あいつら、実はできてんじゃね？」

と言い出した。この発言をきっかけに、わたしたちはみんなの注目を集めるように

なってしまった。

それからは、ふたりで話しているところを見られると、男子も女子もはやしたててくる。

山本くんはそれほど気にしていない様子だったけど、わたしははずかしさのあまり顔が真っ赤になってしまい、それをまたからかわれるのだった。そのうちだんだん耐えられなくなってきて、ある日、からかってきた男子たちに向かってつい、

「ちょっと、何言ってるのよ！　山本くんのことなんて、全然好きじゃないし！」

と、言ってしまった。その日から、山本くんは話しかけてくれなくなった。

「ユズハちゃんって、ほんとに山本くんのこと好きじゃないの？」

ナズナちゃんに質問された時も、思わずこう言ってしまった。

「好きじゃないよ！」

「そうなんだ。よかった。実はわたし、山本くんのこと好きだったんだよね。でも、ユズハちゃんがすごく仲がいいから、遠慮してたの。話しかけてみようかな？」

「へえ、いいんじゃない？」

そう言いながら、わたしは内心とてもあせった。まさか、ナズナちゃんが山本くんを好きだなんて……。それから、ナズナちゃんは山本くんに対し、積極的に話しかけるようになった。山本くんもまんざらではないように見える。ああ、こんなことなら、最初から自分の気持ちをナズナちゃんに正直に言っておくんだった。

山本くんとナズナちゃんがふたりで帰っていくところを目撃した次の日、わたしはいてもたってもいられなくなって、ついに、

「ナズナちゃん、ごめん！　わたし、本当は山本くんのことずっと好きだったの！」

と言ってしまった。そして、山本くんを探しに走り出したのだった。

「山本くん！」

ずっと話しかけたくてしかたなかったその背中に声をかけ、思い切って自分の気持ちを打ち明けると、山本くんが顔を少し赤くしながら、こう言った。

「ありがとう。ぼくも、同じ気持ちだよ」

照れくさいけど、とてもうれしかった。夢みたいだった。これでまた、山本くんとた

くさん話すことができるんだと思うと、なみだが出そうだった。

そこへ、ナズナちゃんがやって来た。

どうしよう。山本くんと思いが通じ合えたのはうれしいけど、ナズナちゃんの気持ちを知っていながら告白しちゃうなんて、わたし……。

何て言おうかとまどっていると、ナズナちゃんはぷっと吹き出して、

「作戦、大成功〜っ！」

と言いながら、山本くんとハイタッチをしたのだ。

「わたしが山本くんを好きなんて、ウソだよ。どう見ても、ユズハちゃんは山本くんのことが好きそうなのに、なかなか素直に言わないから、作戦を立ててみたの」

「え〜っ⁉」

「実は、協力してもらってたんだ。ごめんね」

と言う山本くん。

プツリと緊張の糸が切れたわたしは、ヘナヘナとその場にしゃがみ込んでしまった。

放課後の理科室

放課後、急いで廊下を歩いていた薫は、理科室を過ぎたところでふと立ち止まった。

「あ。忘れてた。科学部に用事があるんだった」

科学部は、東棟の第二理科室を部室にしている。一応十人ほどの部員がいるらしいが、薫の知るところでは、真面目に部活動を行っているのはひとりだけ。幼なじみの裕介だ。

彼は『超』がつくほど生真面目な性格で、放課後であろうと夏休みであろうと、理科室の使用が許可される時間はすべて科学の研究にいそしんでいる。

薫は踵を返して戻ると入口のドアを引き開け、ガランとした理科室の中を見渡した。

「いたいた、裕介！　ね、お願いがあるんだけど……」

大きな机の前に座り、実験道具や学術書の山に埋もれている裕介に声をかける。真剣な表情で実験していた裕介がハッと気がついて顔を上げ、黒縁のメガネ越しに薫を見た。

「あ……。薫。どうしたの？」

裕介が薫に向ける優しい笑顔は、小さなころから変わらない。

ふたりのつき合いは、もう十二年になる。幼稚園の時、薫の家の隣に引っ越してきた裕介。色白の小さな顔に大きなメガネをかけ、さびしそうにしていた人見知りの少年は、明るくて人なつこい薫にだけ心を開いた。

裕介の両親はふたりとも世界的に名の知れた優秀な学者で、アメリカの有名大学に招かれて研究に没頭していた。家に帰るのもままならないほど忙しいようなので、裕介は日本の祖父母に預けられていたのだ。

その両親の血を受け継いだ裕介が、特別に頭のよい少年だということは当然だった。

彼は、自然や科学のあらゆることを知っていて、薫をいつもおどろかせた。虹はなぜ美しい七色になるのか、植物や生物はどのように進化してきたのか。時にはそれを実験で手品のように見せてくれる。薫は裕介の魔法のような実験に夢中になった。

しかし彼は、自分が飛び抜けて優秀なことを、周囲にはひた隠しにしていた。成績を平均程度にとどめるために、あえてテストで不正解を書く。

「普通の子どもでいたいんだ」裕介は、薫にそう言った。「本当のことが知られたら、両親はきっと僕をアメリカに呼び寄せて、大学まで飛び級をさせる。それが嫌なんだ」

薫がこの進学校に合格したのは、まちがいなく裕介のおかげだ。入学してからもずっとそこそこの成績を維持しているのも、裕介が個人授業をしてくれるからだ。裕介は薫に、最小限の勉強で最大の効果を上げる方法を教え、ほとんどの宿題を手伝った。

「ねぇ、助けて。今日は物理を頼みたいんだ。私には難しくて」

薫はカバンの中からテキストを出し、裕介の前にドサッと置いた。

「いつものように、ところどころまちがいも混ぜておいてね。全部正解だと怪しいもんね。それと、国語もお願い。感想文なの。私の字とそっくりに書けるあの装置、作ってくれてありがとう！　すごいよね。天才の幼なじみを持って、すっごく幸せ！」

薫の言葉に、裕介は照れて頬を赤くした。まぶしそうに薫を見つめてほほえむ。

「役に立ててうれしいよ。僕こそ、薫がいるから毎日が楽しいんだ」

「うん……。私もだよ」

薫はぎこちない笑顔を作った。そう答えながらも、すぐに裕介から目をそらす。

薫は、裕介が自分を好きだということに気づいていた。彼がこの小さな町で平凡な学生のふりをしているのは、薫と一緒にいたいからだということも。

だが薫は、その気持ちに気づかないふりをしていた。裕介を特別な男子として見ることができなかったのだ。薫にとって裕介は、思い切りわがままを言えるきょうだいのような存在だった。

机の上にある黒い箱形の装置のようなものを見ながら、薫は聞いた。

「それなあに？　新しい実験装置？」

特別興味はなかったが、宿題を押しつけているのに何も話さず帰るのは、さすがにためらわれる。裕介が、めずらしく少し誇らしげに答えた。

「メビウス・スイッチだよ。僕が完成させた。父さんも母さんも、ほかの学者もたどり着けていない研究の答えを、僕が出したんだ。高校の理科室の中で間に合う材料でね」

「へぇ。すごいね。さすが！」

何がすごいのかよくわからなかったが、薫は手をたたいて裕介をほめた。

「で、そのなんとかスイッチって何をするものなの？」

裕介は、ビッシリと数式を書き記したノートの端を、幅一センチほどの帯にして切り取った。その細長い紙のテープを、机の上に置く。

「時間を操る装置だよ。かんたんに説明するね。これが、時間の流れだとする」

「すでに難しいよー」

「そっか。じゃあ、このテープが、薫が一生をかけて歩く道だとする。赤ちゃんの薫はこの道を歩きつつ成長していくんだ。幼稚園生、小学生、中学生、高校生」

「うん」薫は自分がテープの上を歩いているところを想像した。「それで？」

「この道は一方通行なんだ。高校生から赤ん坊には戻れないだろ？　それが時間の流れ」

「んー。なんとなくわかる」

「でも、こうしてテープを一八〇度ねじって端と端をつなぐと……テープは完全な輪になる。メビウスの輪って知ってる？　始まりと終わりがくっついて、道は一方通行じゃなく、ループするんだ。時間は過ぎ去ることなく、永遠にくり返すことになる。道の一部を切り取ってつなげば、その時間の中にずっと閉じこもることもできるんだよ」

薫は「へぇ」と気のない返事をしてから、あわてて「すごい！」と言った。頭がよすぎる人の話はさっぱりわからない。裕介は、〈不可能を可能にしたすごい装置〉のことを一生懸命説明したが、薫は全然興味を持つことができなかった。

「ああ。もう試合が始まっちゃってる……」

落ち着かない気持ちで、薫は窓の外に目をやった。グラウンドでは、サッカー部が練習試合をしている。その中にいるひとりの背の高い選手に、薫の目は釘づけになった。

薫より一学年上の、青山淳だ。毎日部活の練習を見学に行っていたら、近ごろではかなり親しくなった。明後日の日曜日は、他校との練習試合を観に行く約束もしている。

ただの後輩から特別な相手になれる……。薫は、そんな予感でワクワクしていた。差し入れのお弁当も作りたいから、宿題をやっているヒマなんてない。

うっとりと青山を見ている薫に、裕介が言った。

「僕の話は退屈？」

薫はハッとして裕介を見た。メガネの奥の目が、暗くしずんで見える。裕介はすぐに薫から目をそらしたが、その横顔はさびしそうだ。しばらく間を置き、彼は静かに言った。

「宿題、置いていっていいよ。やっておくから」

薫はうしろめたい気持ちを振り切って、裕介に言った。

「ありがとう、裕介。じゃあ、よろしく」

ドアから出る前に振り返り、机の前にポツンと座っている裕介に声をかける。

「あの……。ごめんね、裕介」

裕介が何度か目を瞬き、薫を見つめた。

「僕こそごめん。だけどもう、こうするしかないんだ」

ささやくように裕介が言い、指先で黒い箱についた銀色のスイッチを押す。ブーンと軽い回転音が、理科室を出る薫の耳に響いた。

「早くグラウンドへ行かなくちゃ、練習試合が終わっちゃう」

廊下を急いでいた薫は、理科室を過ぎたところでふと立ち止まった。

「あ。忘れてた。科学部に用事があるんだった」

薫は踵を返して戻ると入口のドアを引き開け、がらんとした理科室の中を見渡した。

「いたいた、裕介！　ね、お願いがあるんだけど……」

大きな机の前に座り、実験道具や学術書の山に埋もれている裕介に声をかける。真剣な表情で実験していた裕介がハッと気がついて顔を上げ、黒縁のメガネ越しに薫を見た。

その瞬間。薫は奇妙な既視感を覚えた。この場面に見覚えがある気がする……。一度ではない。何度も、何度も――。

「あ……。薫。どうしたの？」

裕介が、小さなころから変わらない、優しい笑顔を薫に向ける。

薫の心に浮かんだ疑問が、ぼんやりと消えていった。

目には目を

男は、健康食品メーカーの営業職についていた。

今日は、郊外の小さな古い一軒家に住む老婆を訪ねていた。ここへは、すでに二、三度来たことがある。

七十代後半のその老婆は、十数年前に夫を亡くして以来、ひとりでここに住んでいるようだった。遠方に住んでいる子どもたちとは、あまりうまくいっていないらしい。もう何年も会っていないと話していた。

「今はね、あの子が子どもみたいなもんよ」

老婆は、ピピと名づけた文鳥をとてもかわいがっていた。

やがて、新商品の説明を終えた男は、パンフレットを置いて帰ろうとした。

すると、玄関先まで見送りに出てくれた老婆が、思い出したように、野菜を少し持っていけ、と言う。

「ちょっとそこで待っててな。今、袋に入れてくるから」

老婆は再び家の中へと消えていった。

天気のいい日だった。男は大きく伸びをしてからあたりを見まわした。玄関の左手のほうには、こぢんまりとした庭があり、明るい色の花が日差しを受けてかがやいていた。

軒先には、鳥かごがかけてあった。

そういえば、今日は家の中にいなかったな。

そう思いながら、男は鳥かごのほうへ近づいていった。実を言うと、動物があまり好きではない。苦手だと言ったほうがいいかもしれない。でも、この日はなんとなく、ピピのことを近くで見てみようと思った。

ピッ、ピッと鳴きながら、ピピは男のほうを見つめている。

まあ、かわいいな、とは思うんだけど……。

かごのすきまから、指先を入れてみる。ピピが止まり木をつたって近寄ってきた。

かまれるかな？

ピピのくちばしが近づいてきた時、男がひるんでひっこめようとした手が、鳥かごの扉の留め金にぶつかってしまった。

すると、留め金が外れて鳥かごの扉が開き、ピピが外へと飛んでいってしまったのだ。

まずい！

男は戸が開いたままの玄関の奥をうかがった。老婆はまだ台所のほうで野菜を袋につめているようだった。

よし、庭に立ち入ったところは見られていないな。

敷石の上を歩いていたから、土には足跡もついていないはずだ。

男は内心びくびくしながらも、ずっと玄関の前から動かずに待っていたようによそおった。

そして、老婆が持ってきた野菜を玄関先で受け取ると、にこやかな営業スマイルを残して、何ごともなかったかのように立ち去った。

近くの空き地に停めてあった営業車に乗り込み、一刻も早くこの場を去ろうとスピードを上げたところで、フロントガラスめがけて何かが飛び込んできた。

それは、小さな鳥のようだった。

男はあわてて急ブレーキをかけたが、小鳥はバンッとにぶい音を立ててフロントガラスにぶつかると、そのままはじき飛ばされてしまった。

今のは、さっきおれが逃がしたピピじゃないか？　どこまで飛んだんだろう。探すべきか？　いや、いずれにしろあの衝撃じゃ助かりっこない。

男はすべてを振り切るようにアクセルを踏んだ。

これは事故だ。おれが悪いわけじゃない。

自分に言い聞かせるようにして、男はその場を去った。

ひと月ほどたったある日、男は再び老婆のもとを訪ねようと思った。あれ以来、老婆からは何の連絡もなかったが、常に気にはなっていた。

もし、何も知らないで、ピピがかごから逃げてしまったことをなげいていたら、新しい文鳥をプレゼントしよう。そうしたら、自分の良心の痛みも少しはやわらぐはずだ。

男はどぎまぎしながら、老婆の家を訪れた。老婆はいつもと変わりない様子で、男を家の中へと迎え入れてくれた。

「さあ、そこへ座って。今、お茶をいれるから」

老婆はそう言うと、奥の台所へと消えていった。

家の中は、前と特に変わりがないようだ。鳥かごはどうなったんだろう？　しかし、これまで何の関心も示さなかったのに、急にピピのことを尋ねるのも不自然すぎる。ここは、老婆が何か言うまで黙っておこう。

男がそう決めた時、ピッ、ピッという鳥のさえずりが聞こえた。

ハッとして目をやると、老婆が奥から鳥かごを持ってきたのだ。

そして、なんとその中には……ピピがいるではないか！

男は、わが目を疑った。どういうことだ？　まったく同じ文鳥に見えるが、もしかして新しいのを買ってきたのか？

気になってしかたがなかったが、うかつに聞くことはできない。男は茶を飲みながら、老婆が何か言うのを待った。

しかし、老婆から文鳥について特にこれといった話はなかった。老婆は、かごの中の鳥に向かって「ピピ」と話しかけていた。

そうか。どっちだっていいんだ。これが本物のピピだろうと、なかろうと。おれの失態に気づいていないのなら、それでいいんだ。

男は急に元気づいてきた。ひと月ほど悩まされていた胸のつかえがとれたのだ。いつもの営業スマイルを取り戻し、カバンから資料を取り出すと、老婆に新商品の説明をし始めた。

老婆はいつも通り、男の話を黙って聞いていた。男はすっかり上機嫌で、

「そうだ。これ、よかったらお使いになりませんか？　わが社の景品のボールペンです。

意外と書き味がいいんですよ」

　と言いながら、社名とロゴマークの入った新品のボールペンをテーブルの上に置いた。

「それなら、もう持ってる」

　老婆は、ペンを手にとって見つめながら、思いもよらないことを言った。

「いえ、これはまだ差し上げたことはありませんよ」

　どこかの会社のものとまちがえているんだな。まあ、こういうボールペンなんて、みんな似たようなものだし……。

　そう思っていた男の目の前に、老婆は汚れたボールペンを差し出した。それは、確かに男の会社のものだった。

「あれ？　これ、どこで？」

「この間、ひと月ほど前にあんたが来た日にな、庭の草の中に落ちてたんだよ」

　男はぎくりとした。あの時に落としてしまったのか。このボールペンはたくさん持っているから、失くしたところで特に気にもしていなかった。

「あの日にな、ピピがいなくなったんだよ」

「え、でも、ピピはここに」

男は努めて平静をよそおって、鳥かごのほうを見た。

「よく似てるけどな。それは、本当はピピじゃない」

「……」

「ピピは死んだ」

老婆はゾッとするような低い声で、うめくように言った。

「えっ?」

「その道の先のほうで、大けがして死んでいたよ。獣医さんにみてもらったら、車のフロントガラスにぶつかったんだろうって」

「そうでしたか。それは……」

男はもう、老婆の目を見ることができなかった。

「あのかごの扉は、ピピがいくら中からつついたって、開きやしない。だれかが外から触らなければ。あの日、あんたが来た日に、だれかがあのかごに触ったんだ」

「そうなんですね……」

男は額にあぶら汗を浮かべながら、なんとかしてこの場を立ち去る方法を考えていた。

「わたしはね、ピピをわが子みたいに思っていたんだよ。だから、ピピを殺した犯人のことは、絶対に許さない！　あの子が味わったのと同じ目にあわせてやる、って思ってるんだよ」

老婆のあまりの気迫に、男は思わず立ち上がってあとずさりをした。老婆は、いつもの様子からは想像ができないほどのすばやさで男の前に立つと、その腕をぐっとつかんだ。

「このボールペン、あんたのだろ？　この間、あんたは庭の鳥かごのところまで行ったんだろ？　そして、ピピを逃がしたんじゃないのか？　え？」

老婆の指が、男の腕に食い込む。その年齢にそぐわぬ怖ろしい力に、男はあらがうことができなかった。

その時、玄関のチャイムが鳴った。

「門田さーん、お荷物です」

その声に、老婆の気がほんの一瞬ゆるんだのを、男は見逃さなかった。男は老婆を押しのけると、ものすごい勢いで玄関を飛び出していった。

「危ないっ！」

宅配便の配達員の声が聞こえた時には、もう遅かった。

男はスピードを出していた車にはねあげられ、フロントガラスに激しく打ちつけられてしまったのだった。

サーカスの犬

未歩がその老人と犬を見たのは、移動サーカスの会場だった。

大きなテントが張られた広場。仮設の飲食店も多く集まって、にぎやかなお祭りのようだ。父がクレープを買いに行っている間、未歩はベンチに座って待つことにした。

ふと見ると、近くに大きなトラックがある。荷物の積み下ろし口には数段のステップがついていて、老人はそこに腰を下ろして小さな白いトイプードルを抱いていたのだ。

未歩はベンチから立ち上がって老人に近づき、笑顔で言った。

「こんにちは、おじいさん。ワンちゃんのお名前、なんていうんですか？」

老人はうれしそうに目を細め、未歩に笑顔を返す。

「名前はサラだよ。一歳の女の子さ」

黒くつぶらな目をした白いトイプードルは、とても人なつこく、ポンポンのような丸い尻尾をちぎれんばかりに振っている。未歩は犬をなでながら言った。

「かわいい！　うちでもモモって名前の白いトイプードルを飼っていたんです。家族みんなでかわいがっていたんですけど、病気になって、一年前に……」

未歩の目になみだが浮かぶ。老人は優しく言った。

「その犬は、お嬢ちゃんの家族と過ごせて、さぞかし幸せな一生だったことだろう。犬は飼い主で幸せが決まる。この子も、飼い主を選ぶことができたらよかったんだが」

「サラちゃんは、おじいさんが飼っているんじゃないんですか？」

老人は、暗い表情で首を横に振った。

「いいや。この犬の飼い主は、サーカスの団長さんだ。わしは犬の調教師で、移動サーカスについて日本中を旅しているのさ」

「じゃあ、サラちゃんも何か芸をするんですか？」

さっき見たサーカスのことを、未歩は思い出していた。帽子をかぶり、立ち上がって歩く熊。大きなボールの上に乗り、器用に転がす犬。だが、目の前の白いトイプードルは、サーカスに出ていなかった。老人が、犬の体をいたわるようになでながら言う。

「この犬に無理をさせるのはかわいそうでなあ。生まれつき、心臓が弱い犬なんだよ。のんびり暮らさせてやりたいと思うんだが、飼い主でもないわしにはどうにもできん」

その時、テントの中からでっぷりと太った黒ひげの男性が出てきた。重すぎる体を支えるためか、手には金色の長いステッキを持っている。黒ひげの男性はトラックまで近づいてくると、老人の前で立ち止まり、あごを上げてえらそうに言った。

「おい、じいさん。まだいたのか。今日でお前の仕事も終わりだな」

「これは団長さん。今まで何十年もお世話になりました。このサーカスを去る前に、ひとつお願いしたいことがあるのです。どうか、この犬を休ませてやってください」

おじいさんは頭を下げて頼んだ。白い犬がキューンと悲しそうに鳴く。

「お願いだと？　今まで、お前のような役立たずの老いぼれを雇ってやってただけでも感謝されたいくらいだよ。この犬に、芸のひとつも教えられないんだからな」

団長が、口をへの字に曲げて老人をにらむ。

「大金を払ってこの特別小さな白いトイプードルを買ったのに、役立たずで大損だ。お前の最後の給料は、その代償にもらっておく。無能な犬の調教師に、払う金などあるものか」

なんというひどい団長だろう。未歩は老人がかわいそうでたまらなかった。

その時。犬が老人のひざから飛び降り、団長に向かって激しく吠え始めた。

「ワンワン！　ワンワン！」

「わしに吠えるとは、なんと生意気な犬なんだ！」

犬は団長のまわりをくるくるとまわりながら吠え立てる。

「ワンワン！　ワンワン！」

「やめろ！　うわぁ！　目がまわる！」

団長は、ついにドスンと尻もちをついてしまった。真っ赤になって怒った団長は、ようやく立ち上がると白い犬をにらみつけた。

「この芸なしの悪い犬め！　こうしてやる！」

金色のステッキを大きく振り上げる。

「キャーン」

おどろいた犬は体を震わせ、よろめいて地面に倒れた。

「サラ！」

老人が、体をこわばらせて動かなくなった犬に駆け寄る。

「サラちゃん！」

未歩の悲鳴を聞いて、まわりの人たちが何ごとかと振り向いた。クレープを手にした未歩の父も駆けつけてくる。

「どうした？　未歩」

「このおじさんがワンちゃんをいじめたの！　ワンちゃん、死んじゃったよ！」

「なんてことを！」

未歩の父が団長をにらんだ。集まった人たちも、冷たい目で団長を見る。

「俺はステッキを振り上げただけだ。もともと心臓が悪いから、勝手に死んだんだ」

団長は老人にあわてて言った。

「こいつを片づけてさっさと出ていけ。お前もこの犬も、もういらん！」

団長が逃げるようにテントへ戻ったあと、動かなくなった犬をなでていた老人が言った。

「聞いたかい？　サラ。団長さんはお前をもういらないそうだ。これからは、体をいたわって、一緒にのんびりと暮らせるぞ」

すると、死んだように動かなかった犬がヒョイと立ち上がった。老人を見上げ、うれしそうに尻尾を振る。老人はおどろくまわりの人を見渡し、誇らしげに言った。

「どうです？　皆さん。賢いこの犬の芸当は。金色のステッキをひと振りすると、パタンと倒れて死んだふり」

「ああよかった！　演技だったんだね」

なみだを拭き、未歩は笑った。観客が喜んで拍手する中、サーカスの老人と犬は一緒におじぎをすると、楽しそうに連れ立ってその場から歩き去っていった。

ぬか喜び

カッ、カッ、カッ。

国語の小暮先生が黒板にチョークで字を書く。

——ぬか喜び。

「この言葉を知っている人はいますか」

すう、と手を挙げたのはクラス委員の棚橋さんだ。休み時間は席に座って本を読んでいる女子で、国語の定期テストで百点を取ったことがある。

「はい、棚橋さん」

「喜んでいたことが本当はちがっていて、そのあと残念な結果になる——という意味ではないでしょうか」

「そうです。棚橋さんが言ったことが、『ぬか喜び』」

おおお、とクラス中から声があがる。

小暮先生は黒板に書かれた文字をコンコンと叩いて示す。

「ぬか喜びの『ぬか』は、ぬか漬けの『ぬか』と同じで、米を磨いた時に……」

ふ〜ん、そうなんですかと、オレは先生の話を聞いている。

「では、どんな時が『ぬか喜び』か――たとえば、宝くじを買って」

「あ、わかったぁ」

隣に座っている大藪が声をあげた。

「一億円が当たったぁ〜と喜んでいたら、それは前回の当せん番号で、本当はハズレだとわかって、超ガッカリとか」

「いいですね、大藪くん。それがまさに『ぬか喜び』。じゃあほかに、どんな例があるか。みんなも考えてみよう」

先生の呼びかけで、クラスであれやこれやと話し出す。

「前田は、どう思うよ」

大藪が聞いてくる。

「う〜ん、一億円じゃなくて千円だったとしても、オレにとっては『ぬか喜び』になるかもしれないなあ」

そうなのだ。今のオレには千円が大金なのだ。

中二のオレの小遣いは、一か月二千円。この大半が友だちとのカラオケや、マンガの単行本に消えていく。マンガ雑誌は友だちとまわし読みして節約。ゲームセンターは、本当は行きたいけれど、お金をムダに使っちゃいそうなのでグッとこらえている。

いつもなら我慢するところだが、今、どうしても欲しくてたまらないものがある。それは今月末に発売されるフィギュアだ。限定三十体。ゲームキャラ同士のコラボで作られたフィギュアは、よそでは買えないレアなもの。五千円と値が張るが、どうしても手に入れたい。

というわけで千円でも貴重と思っているのは、その千円が足りないから。

お年玉の残りが四千円、来月の小遣いの前借りを却下されたオレは、なすすべもなく、残りの千円に頭を悩ませているというワケなのだ。

ああもう、どっかに落ちてないかな、千円。


四時間目は体育だった。

走り高跳びのテストで、オレの記録は百三十センチだった。

体育が終わると、給食の時間。「メシだ、メシだ」とクラスの連中と騒ぎながら更衣室に向かう。

体育の授業は隣のクラスと合同でやるから、更衣室は二クラス分の男子がギュウギュウになって着替えなくてはいけない。

体操着を脱いで、シャツを着て、ズボンをはいて、ブレザーに袖を通す。

さあ、このギュウギュウの密室から抜け出して……と思っていたオレだったが、ブレザーのポケットがゴワゴワしていることに気がついた。

あれ、漢字テストの紙でも入れてたかな――そう思ってポケットに手を突っ込んでみると、テストの紙とはちがう、すべすべとした感触がした。

何だろう、と思ってポケットから紙を取り出すと、オレは奇跡を信じずにはいられなかった。右手の中につかんでいたものは、オレが欲しいと願っていたもの。

千円札だあ！

真顔のはずの野口英世が、オレにほほえみかけている気がした。

ああ、神様。困っているこのオレに、恵んでくださったというのですか。

……でも、待てよ。何でブレザーに千円札が入っているんだ？

冷静になって考えてみる。そもそも、オレはこれをブレザーに入れた記憶がない。

あ、もしかして前借りを却下した母ちゃんが、「やっぱりかわいい息子だもの。しかたないからあげなきゃね」とか言って、「でも、手渡しもおもしろくないから、ここはサプライズであの子の制服のポケットの中に入れちゃおうかしら」ってな方法で、オレが学校に行く前にこっそりと入れてくれた、とか。そうだ。そうとしか思えない。

うーん、うれしいじゃありませんか、お母様。オレは、思いがけない幸せに顔の筋肉をゆるめっぱなしでいた。フィギュア、フィギュア、これで買えるのだぁ。

「なあ、前田。お前、オレのブレザー着てねーか」

「え?」

「あー、やっぱそうだよ。オレのやつ、右そでのボタンが取れかけてんだよ」

「これって、大藪のブレザーだったんだ……」

さっきの授業で勉強したばかりだ。これがリアルな『ぬか喜び』ってやつなのか。

千円札が、フィギュアが、オレの前から姿を消していく。

オレはガッカリしながら大藪とブレザーを交換した。

「あ、そうそう」

大藪はブレザーのポケットから、さっきの千円札を取り出した。

「冬休みに一緒にカラオケ行った時、お前に千円借りたじゃん。ずっと返してなくてゴメンな。はいこれ、ありがと」

落とし穴

早朝、栄太はトイレに行こうとテントから出て、痛む腹を抱えながら歩いていた。

ここは、高原にあるキャンプ場。栄太の通う高校の、夏休みの恒例行事だ。自分たちで簡易テントを張り、炊事場でカレーを作り、夜はキャンプファイヤーのまわりでゲームやダンスなどのレクリエーションをする。

「高原の朝は、こんなにもやがかかるものなんだな。足もとがよく見えないや」

白く美しい朝もやの中、公衆トイレが幻想的に浮かんでいる。その中に、ふたりの女子生徒がおしゃべりしながら入っていくのが見えた。

「あっ。美山さんだ」

寝ぼけていたにもかかわらず、栄太の胸は大きくときめいた。もう一年近く美山さんを見るたびにときめいていたので、ほとんど条件反射ともいえる。

「ラッキーだ……。けど、困ったぞ」

トイレの入口はひとつ。中は間仕切りで男女別に分かれている。普通なら、躊躇なく中へ入るところだろう。

だが、栄太の気持ちは普通ではなかった。鉢合わせした美山さんは、学年一の美少女なのだ。まぶしいほどにかわいい美山さんが壁を挟んだ向こう側にいるのに『大きな用を足しに』男子トイレに入ることなど、どうしてできよう。しかも、女子はトイレでのおしゃべりが長いというではないか。

栄太は、とっさに踵を返した。

「ヤバイ。腹が……。どうしよう。まさか、草かげってわけにも……。あっ、そうだ。昨日みんなでキャンプ場へ歩いてくる途中、もう一か所トイレを見たっけ」

栄太は山道を急いで下り、少し離れた池のほとりのトイレに入った。スッキリとした気分で、鼻歌を歌いながらテントエリアへ戻る。

「いい朝だなぁ！　キャンプの参加者が美山さんと俺だけなら、もっと楽しかったのに」

その時、「おーい！　助けてくれー！」と、だれかが叫ぶ声が聞こえた。足を止めて耳をすますと、その声は枝分かれした小道の先から聞こえてくる。

「な、な、何かあったのかな」

臆病な栄太は、ビクビクしながら小道を進んだ。突き当たりにある生い茂った草の向こうから、助けを求める声がする。そこには、立ち入り禁止の注意書きとともに、黄色いロープが落ちていた。どうやら、地面に大きな穴があいているらしい。危険に気づいた人が落下防止のロープを張っておいたのだろう。

「今朝は相当濃いもやがかかっていたから、だれかがロープに気づかず落ちたんだな」

栄太は気をつけながら穴に近づき、そっと中をのぞいた。深い穴の中に、栄太と同じ高校のジャージを着た男子がいる。

「あっ！」

栄太と穴の中の男子は、同時に声をあげた。その男子は栄太と同じテントに寝ていたはずの隆二だった。栄太が寝ている間に寝袋から抜け出していたらしい。

「お前か、栄太！　気がついてくれてよかったぜ」

深い穴の底から隆二が栄太を見上げ、ホッとしたように言った。

「明け方、トイレに行こうとしたんだ。そうしたら、偶然、美山と鉢合わせしてよ」

その先の行動を、栄太は察した。隆二も栄太とまったく同じ状況に陥り、池のほとりにあるトイレに急いだのだろう。隆二も美山さんが好きだということか……。それ以上にショックなのは、あのかわいい美山さんが、朝方に二度もトイレに行ったことだ。

「下のトイレから戻る途中、もやがひどくて道をまちがえてさ。気がついたら落っこちてたってわけだ。この穴、下手に触ると土壁がボロボロと崩れて登れねぇんだよ」

「へー……そうなんだ……」

気の毒な状態に置かれた隆二を見ながらも、栄太が隆二に対して深い同情心を持てないのには、理由がある。栄太と隆二は、中学のころから行動を共にしていたが、実際のところ、明らかな上下関係があった。

態度の大きい隆二は、気の小さい栄太を使いっぱしりにして、いつもさまざまなことを命令するのだ。穴の底に落ちて心細い表情をしている隆二を見ると、自分が急に大きく強くなったような気がする。

「さっさと助けろよ、栄太」

隆二がいつも通り、えらそうに栄太に命令した。その態度にカチンとくる。拾い上げた黄色いロープを穴に垂らし、引っ張りあげてやろうと思っていたが、その前に仕返しをしたいという誘惑に逆らい切れなくなった。そこで、栄太は意地悪く隆二に言った。

「じゃあ、先に謝れよ、隆二くん。いや、隆二。いつも俺にいろんなことを命令しただろ。今回のキャンプだって、お前がテントを張れ、とか俺好みのカレーを作れ、とか」

「なんだと?」

隆二が目を細める。だがすぐに、栄太だけが文字通り頼みの綱だと思い出したようだ。

「悪かった。二度と命令しない。約束するから」

栄太は手に持ったロープをプラプラと揺らし、隆二に言った。

「今後は宿題も俺に押しつけんな。むしろ、これからは俺の分もお前がやれ」

「チッ。……わかった。やるよ。早くそのロープを垂らしてくれ」

「おととい全巻買ったマンガ。あれを先に読ませろ」

「ええ!? い、いや、どうぞ」

「あのアイドルのライブが見たいな。雑誌の抽選で当たったチケットがあるだろ?」

「直筆サインつきのクリアファイルも差し上げます。なあ、頼むから助けてくれ」

「もうひとつ。これが大事だ。美山さんのことはきっぱりとあきらめろ」

「なんだと? 調子に乗るなよ、栄太!」

「この穴からはい上がれなければ、永遠に美山さんをあきらめることになるが」

「……わかった。きっぱり忘れるよ。こっそり撮った写真もお前にやる」

栄太はニンマリと笑うと、情けない表情の隆二を見下ろし、えらそうに説教した。

「どうだ? 隆二。これこそ、思いがけない落とし穴ってヤツだ。いい気になっていると、こうして一瞬で立場がひっくり返る。よーく覚えておくんだな!」

穴の中で、隆二がうなだれ、ハイ、ハイと返事をする。

「……お言葉、心にしみました。よく覚えておきます」

「よーし！」栄太は高笑いして、穴の中へロープを投げ込んだ。「これにつかまれ」

「サンキュー！　しっかり踏ん張っててくれよな！」

もちろん、離すつもりなんてない。隆二を助けなければ、おいしい約束もおじゃんだ。

栄太が両手で持ったロープが、ピンと張る。

「じゃあ、登るぞ！　せーの！」

穴の中の隆二が土壁に足をかけ、つかんだロープを頼りに登ろうとしたその時。

「あっ！」

栄太の目の前の景色が一瞬でひっくり返った。

暗い穴の底で尻もちをついた栄太の目の前で、隆二が目を吊り上げている。いい気になってすっかり忘れていたが、栄太は隆二よりもずっと痩せていて小さかったのだ。

栄太は、自分が『思いがけない落とし穴』に落ちたことに、ようやく気がついた。

釣り人

ウグググ……眠たい。

あくびをグッと我慢すると、悲しくもないのになみだが出てくる。

――つまり今期の目標は……。

――それで次のターゲットは……。

支店長の言葉が会議室に響くけれど、オレの頭にはまったく入ってこない。

窓際にいたオレは外を見る。駅前の広場は、会社帰り、学校帰りの人でいっぱいだ。

夕日を浴びて、みんなオレンジ色。家に帰ろうとしている。いいなぁ。

「おい、タカハシ。会議に集中しろ！」

「あ、すみません」

やべ、よそ見してたのを支店長に見られちゃったよ。

横に座っていた田中に、「タカハシ、何してんだよ」と、ひじでこづかれた。前に座っている鈴木も振り返ってニヤニヤ。

ちぇっ、お前らは出席して当然だから、退屈しなくていいよな。

そもそも、何でオレが営業会議に出なくちゃいけないのか。営業部じゃないんだから別に出なくてもいいじゃないか。無理矢理、本町支店の全社員を出席させるなんていい迷惑ってもんだ。こうしてムダな時間を過ごしているなら、自分の机で書類作成をするほうがマシだよな――あ、また支店長がにらんでる。ああ、やだやだ。

再びオレは窓の外を見た。顔を横にして駅前を見るとバレてしまうから、視線だけを駅前広場に向ける。

「ふぇっ!?」

「タカハシ!」

「す、すみません」

無意識のうちに声が出ていて、また支店長に怒られてしまった。謝りながらも、オレは窓の外の一か所に目が釘づけになっていた。

バス通りを挟んで斜めの方向に、古ぼけた六階建てのビルがある。オレの会社からは二十メートルくらい先。そのビルの屋上から、細長い棒のようなものが飛び出して、ユラリユラリと揺れていたのだ。

これ以上、支店長を刺激したくないので、うつむいて会議資料を見るふりをしながら、ゆっくりと視線をビルの屋上に向ける。

ユラリ、ユラリ。

やっぱり何かが揺れている。工事でもしているのだろうか。でももう夕方だし、それに屋上から道路に向けて細長い棒が飛び出す工事なんてあるんだろうか。

オレは目をこらす。棒は先端のほうがよく揺れていた。

あ、わかった。あれは釣り竿だ。ウチのオヤジは釣りが趣味で、そのオヤジが釣り竿を手入れしている時の動きと同じだ。

でも、なんでそんなものがビルの屋上から出てるんだ？

それに、だれがそんなことをしてるんだ？　ここから人の姿は見えない。

いつのまにか眠気が吹っ飛んでいた。もちろん、会議には集中できなかったけど。


「えーっ」

「マジかよ」

会議の休憩時間、田中と鈴木にさっきの話をすると、ふたりは変なものを見たような顔でオレをジロジロと眺めた。

「ホントなんだよ。ふたりを巻き込んで支店長に怒られたら悪いと思って、さっきは言わなかったけど、あのビルの屋上から釣り竿が出てたんだ」

オレは窓の外を指さしたけど、もう、釣り竿は見えなかった。

「タカハシ、疲れてんじゃねえの」

「そうそうお前、ずっと眠たそうだったし」

「眠たかったのは確かだけど、釣り竿を見つけたら、眠気なんか吹っ飛んじゃったよ」

「でもさ、ビルの屋上から、どうして釣り竿が出てんだよ。おかしいだろ」

「それはオレだって知りたいよ」

ふたりは信じてくれなかったが、次の会議中、また屋上から垂れる釣り竿を見つけたオレは、彼らをつついて外を見るようにうながした。

「えーっ」と声をあげた田中と鈴木は、もちろん支店長に怒られることになる。


仕事が終わって、オレたちは一緒に帰った。

「見ただろ。オレの言う通りだっただろ」

「ああ、ビックリしたよ」

「オレも」

オレたちは釣り竿の話で盛り上がった。

「だれかが何かを釣っているんだよな」

「でも、ここは池とか川じゃないぜ。駅前のバス通りだよ」

「バス通りで、何か釣れるんじゃないか」

三人はそれぞれ推理するが、どうにも結論は出ない。

「じゃあさ」

オレは提案する。

「明日は夕方に会議がないだろ。帰りにビルの屋上に上がって、釣りをしている人に話を聞いてみよう」

「いやあ、いいよ」

「そこまでしなくても」

田中と鈴木は乗り気ではないようだ。

「じゃあ、やめとくか……」

そう言ってオレたちは別れた。

翌日。仕事帰りに、オレは例のビルのエレベーターに乗っていた。今日も釣り竿が見えたので、思わず入ってしまったのだ。

一階の入口には、そのビルに入っているいろいろな会社の名前が掲示されていた。雑居ビルというやつだ。エレベーターは六階で止まり、そこから非常階段で屋上に上がっていく。

勝手に入ってはいけないとわかっているけど、好奇心が勝ってしまったからしかたがない。結果を田中と鈴木に報告してやろう。

キイ、と鉄製のドアを開けると、オレンジ色に染まった夕方の空が現れる。

そして端のほうに……いた、パイプ椅子に座り、本当に釣りをしている人がいた！

うしろ姿しか見えないけれど、真っ白な髪で老人だとわかる。老人の手から釣り竿が伸びて、その先がユラリユラリ。

「ん、どうしたあ？」

ドアを開けた音に気づいた老人が、振り返ってオレを見た。

「えっ、あっ、そのぉ」

どうしよう。急に話しかけられて混乱したオレは、思わず……、

「何を釣っているんですか」

と質問してしまった。

その質問に、老人はニッコリと笑って答えた。

「バカを釣っておる」

「バ、バカって……釣れたんですか」

「お前で三匹目だ。ほれ」

そう言って、老人がオレの横を指さす。

「えっ」

前ばかり見ていて気がつかなかった。

オレの横に、田中と鈴木が、はずかしそうに立っていた。

ジャンクフレンド

中学二年になって初めての理科の授業は、理科室の席を決めるあみだくじからスタートした。

わたしがくじを引いて三班の席に着いた時、先に座っていたのは、あこがれの矢川彩菜ちゃんだった。

「島本さん、よろしくね」

「佳澄でいいよ。彩菜ちゃんって呼んでいい？」

「うん、佳澄ちゃん」

彩菜ちゃんはとてもかわいい女の子だ。ただ容姿が整っているだけでなく、オーラがパステルピンクというか、花にたとえるならパンジーかガーベラ、可憐な雰囲気を持っている。

一年の時から「友だちになりたいな」と思っていたから、二年で同じクラスになれたとわかった時はとってもうれしかった。

けれど女子は、すぐに顔見知りの子同士でグループを作ってしまう。

彩菜ちゃんもわたしも、すぐに一年の時のクラスメイトと行動を共にするようになって、なかなか話す機会がなかった。

理科の授業は、炭酸水素ナトリウムを加熱する実験で、わたしはガスバーナーや試験管を出しながら、ここぞとばかりに彩菜ちゃんに話しかける。

彩菜ちゃんは低血圧で朝が弱いらしい。

「彩菜ちゃん、それならとってもいいお茶があるよ」

「お茶?」

「『綺麗ピンピン茶』。ちょっとイマイチな名前だけどね、美容と健康によくて低血圧にも効果のあるお茶があるんだ」

「知ってる。ママが飲んでる」

「ほんと!?」

『綺麗ピンピン茶』は、このあたりではわたしのお母さんがよく行く自然食品の店、『ナチュラサーン』でしか売っていない。

『ナチュラサーン』は、野菜はすべて無農薬で、加工食品や調味料は食品添加物を使用していない、体にいいと言われるものだけを扱っているナチュラル志向のお店だ。

「じゃあわたしたちのお母さん、きっと同じお店で買い物しているんだね」

テンションが上がる。お母さん同士が同じ店に通っていたとしても、それが「安売り店」なら興ざめだ。だけど、『ナチュラサーン』は値段が高いことでも有名だから、気分もいい。

わたしは彩菜ちゃんと仲よくなる権利を与えられたようで、自信がついた。

話してみると声もかわいい彩菜ちゃん、もっと仲よくなりたい。

とはいえ今のグループを抜けて、彩菜ちゃんのグループに入れてもらう気にはなれない。わたしは彩菜ちゃんのグループにいる女子たちが苦手だからだ。

三人はいずれも軽薄そうというか、はっきり言ってチャラい。

リーダー格の知世ちゃんが鏡を見ながら、「わたし、自分の顔がキライなの」と言い、あとのふたりが、「知世かわいいのに〜」とおだてているのを聞いた時は、（絶対この子たちとは友だちになれない）と思った。

彩菜ちゃんも一年の時は、三人と行動を共にしていなかったみたいだから、今はしかたなく一緒にいるのかもしれない。

彩菜ちゃんをわたしの仲間に引き入れるほうがいいだろう。一度決まったグループからの移動は何かと大変で、慎重かつ穏便に計画を進めなくてはいけないけれど。

わたしは理科の授業以外でも、彩菜ちゃんがひとりの時は積極的に話しかけるようにした。

「彩菜ちゃん、『千佳ばあちゃんのようかん』食べた？」

「ようかん？　あ、梅の？」

「そうそう！　さすが彩菜ちゃんのママ、さっそく買ったんだね。うちも一緒！」

もちろん『千佳ばあちゃんのようかん』も『ナチュラサーン』の商品で、ほかのお店では販売されていない。ふたりだけがわかる話題で、親密度アップを図る。

知世ちゃんたちの前では『自然派天然シャンプー・ナチュ髪』の話をする。悪い成分なんて入っていない髪にも地球にも優しい商品で、値段は一般的なシャンプーよりはるかに高い。彩菜ちゃんにはわたしのほうがお似合いだと、知世ちゃんたちもそのうちわかってくるだろう。

中間テストの一週間前、放課後に教室で希望者だけの勉強会が開かれることになった。といっても、先生は時々見にくるくらいで、ほとんど自習の勉強会だ。

ふと見ると、知世ちゃんが彩菜ちゃんに市販のスナック菓子を渡していた。

あんな食品添加物の多いジャンクなものを彩菜ちゃんにあげるなんて。彩菜ちゃんの健康が心配だ。
かわいそうな彩菜ちゃんはおとなしく食べている。みんなが食べていれば断れないだろう。

次の日、知世ちゃんは彩菜ちゃんに色つきのリップクリームを差し出した。近所のドラッグストアで売られている格安ブランドのもので、人工の香料や色素がたっぷりの、いかにも体に悪そうなものだ。

彩菜ちゃんはおそるおそる唇にリップクリームをのせる。薄いピンクに色づくリップクリームはかわいいけれど、彩菜ちゃんには似合わない。彩菜ちゃんはナチュラル素材が原料のオーガニックコスメを使わなくちゃ。

そして今日も知世ちゃんは、体に悪そうなお菓子を広げ始める。

わたしは知世ちゃんに対して腹が立ってきた。

もうグループの移動は穏便に、なんて言っている場合ではない。大切な友だちを守らなくちゃ。

日直当番の彩菜ちゃんが先生を呼びに教室を出た時、わたしは思い切って知世ちゃんの前に立った。

「ねえ、彩菜ちゃんにジャンクフード渡すのやめなよ。知世ちゃんが何を食べようと自由だけど、人にすすめる時は気をつけないと。食品添加物を避けたいのに断れない人もいるんだし」

「はい？　断れない人って、もしかして彩菜のこと？」

「う、うん」

ガツンと言ったつもりが、知世ちゃんはまったく動じていない。

「わたしは彩菜にお菓子買ってきて、って頼まれてるんだよ」

「え？　だって、彩菜ちゃん食べないでしょ。お母さんが食べ物にこだわる人だし」

「だから、わたしが買ってんの」

「へ？」

「彩菜は、無農薬とか無添加とか必死になりすぎる自分のママがキライなの」

「えっ？」

「彩菜言ってたよ、島本佳澄はママと同じことしか言わないって」

彩菜ちゃんはママがキライ、島本佳澄はママと同じ。

そう彩菜ちゃんが言っている……どういうこと？

「そ、そうなんだ……」

意味を理解する。この一か月を振り返る。そういえば彩菜ちゃんのほうから話しかけてきたこと、あったっけ？

……ない。

彩菜ちゃんが先生と一緒に教室に入ってきた。わたしたちの様子を見て何か察したようだ。

彩菜ちゃんはわたしではなく、知世ちゃんにほほえみかけた。とてもよく似合っている薄いピンク色の唇で。

毒薬

男は途方に暮れていた。

難しい事業に手を出して失敗し、大きな借金を抱えてしまったのだ。そのせいで、住んでいたマンションを手放すことになり、今日を最後に出ていかなくてはならない。

「これから、どこへ行こう？」

男はすでに四十歳を超えていたが、独身だった。病気がちだった両親はすでに他界していたし、兄弟もいない。

しかし、生まれ育った町に祖父がひとりいることを思い出した。

その祖父とは、血がつながっていない。すでに亡くなっている、父方の祖母の再婚相手だったからだ。その人は地元の権力者で、かなり広い土地を所有していると聞いたことがある。

父方の親せきに連絡してみると、祖父は今、八十代後半で、意識はしっかりしているが、病気のせいもあり、体が不自由になりつつあるという。本人が病院や施設に入るのを嫌がるので、親せきの人たちが交代で世話をしているが、それが大変で困っているということだった。男はそれを聞いて、ぜひ自分が世話をしたいと申し出た。うまくすれば、遺産をもらうことだってできるかもしれない。

突然、血のつながっていない孫が登場するのだから、周囲から「遺産ねらいではないか」と冷たい目で見られるのは覚悟していた。

しかし、迎えにきてくれた親せきの人は、むしろ歓迎してくれた。

「ほんとにいいんですか？　おじいさんの世話なんて」

「ええ。仕事も辞めてしまいましたから、しばらくこちらでのんびりしようと思って。代わりといってはなんですが、そこへ置いてもらえたら、ぼくも助かりますし」

歓迎された理由は、祖父に会ってよくわかった。

「は？　孫だと？　今まで顔を見せにも来なかったくせに。追い返せ！」

祖父は、とにかく気難しい人だった。そのせいで、親せきの人たちはみな、すっかり疲れはてていたのだ。

祖父には反対されたが、男はその日から一緒に住むことにした。親せきの人たちは、男にすべてを押しつけると、そこへはめったに来なくなった。

「お前の世話になど、ならん！」と言い張っていた祖父だったが、今は目の前にいる男しか頼る人がいない。

やがて、いちいち文句を言いながらも、男に世話をさせるようになった。

男のほうはというと、慣れない老人の世話と、何をどうやっても言われる小言に耐えかねていた。

本当に財産なんてあるんだろうか？　ないなら、こんなところ、一刻も早く出ていきたい。そんな思いにかられていた。

そんな時、医者をしている古いつき合いの友人が男のもとを訪ねてきた。男は祖父が休んだあと、友人とともに近所の居酒屋へ行き、久しぶりに酒を飲んだ。

友人には先日、事業に失敗してここへ来たことと、祖父の介護をしていることを知らせていた。この晩も、男の祖父に対するぐちを黙って聞いていた友人は、やがて、ラベルの貼られていない小さな瓶を取り出し、テーブルの上に置いた。

「これは何だい？」

「毒薬さ」

友人は声をひそめて言った。

「だけど、毒性は弱い。健康なきみがおかしな気を起こして飲んでも、死にやしない。けど……」

友人は、さらに声をひそめた。

「すでに体調の悪い老人なら、毎日の食事に少しずつ混ぜることで、だれにも気づかれずに死期を早めるくらいはできる」

男は、ゴクリとつばを飲んだ。

「ぼくも、親の介護にはずいぶん苦労したものでね。まあ、気休めさ」

と言って、友人はその瓶を置いていった。男は、瓶を上着の内ポケットにしまうと、祖父の家へと帰った。

数日後、男は祖父にさんざんののしられたあとで、ついに友人にもらった薬を使うことを決意した。

祖父の食事やお茶に少しずつ薬を垂らし、何くわぬ顔で持っていった。

男は、毒を盛っていることに気づかれないよう、祖父に対しては、いっそうていねいに接するようになった。そうしているうちに、だんだん、祖父の話に対し、興味を持つようになっていった。

祖父の話は、ちゃんと聞いてみるとおもしろかった。祖父は地元では有数の大きな家に育ったが、自分の力で何かを成しとげたいと考え、一時は都会へ出て、事業を展開していた。最初はうまくいかなかったが、徐々に拡大していき、その時に築いた財産でこのあたり一帯の土地を買い取ったのだという。

話の内容から、祖父は常に地元のため、地域のみんなのためを思って行動してきたことがうかがえた。男が何か質問した時も、わかりやすくていねいに教えてくれる。

（この人は、本当は優しい人なんだ……）

そう思った男は、激しく後悔し、食事に薬を混ぜるのをやめた。

（ああ、なんてことをしてしまったんだ。血がつながっていないとはいえ、今やこの人が信頼できる、たったひとりの家族なんだ。できるだけ長生きして欲しい）

願いもむなしく、男がやってきてから一年もたたないある日、祖父は眠るように亡くなってしまった。原因は、はっきりとはわからなかった。祖父の主治医も、

「お年でしたから」

と言い、親せきの人はだれも怪しむことなく、皆、男をねぎらってくれた。

納得のいかない男は、祖父が亡くなったのは自分のせいにちがいないと言い張り、祖父の主治医に向かって例の小さな瓶を差し出した。ところが、祖父の主治医が瓶に残っていた中身を調べると、それはただの栄養剤でしかなかった。

当たり屋

麻美は、リュックから携帯電話を出して時間を確かめた。あと数分で十九時になる。

「うわっ、遅刻だ」

中学に入ってから通い始めた塾は、三学期になると一年の総まとめのテストが多い。今日も英語のテストだ。

信号はなかなか青にならない。左手に広がる竹林に目をやった。

竹林の間に、アスファルトで舗装されていないじゃり道がある。自転車では通りにくいが、塾のある大通りへ直結している。

街灯が少なく、やや暗いけれど背に腹はかえられない。麻美は、ふだん使わないその抜け道を行くことにした。

暗い道が怖くて、麻美はこのあたりに伝わる『赤猫』の言い伝えを思い出してしまった。

昔むかし、とても頭のよい白い猫がいた。その猫は人間の食べ物を盗んでばかりいるので、怒った村人たちが首をはねたところ、白い猫の体は真っ赤になった。それ以来、村人たちの耳には、猫の鳴き声がずっと聞こえ続けたという。

道の先が左へカーブしている。ここを曲がれば、大通りが見える。

そのままのスピードで走り抜けようとしたら、突然、何か小さいものが飛び出してきた。あわてて急ブレーキをかける。

子猫だ。体は真っ白で、左の耳だけ黒い。

「大丈夫?」

子猫はうしろの右足を引きずりながら、竹林の中へ消えていった。

「うそっ、ぶつかったの?」

白い猫というのが、『赤猫』の話を思い出させてあと味が悪い。麻美はおわびのしるしに、お弁当のおにぎりをひとつ出して、地面に置いた。

「ぶつかった感触、なかったんだけどな。ごめん。これ食べてね」

「直接、保険会社と話をしてください！」

塾が終わり、家に帰ると大学生の兄、拡が受話器を叩きつけていた。

「まったく。なんてやつだ。あ、麻美、お帰り」

「この間の事故の人？」

拡は先週、車の運転をしていて自転車を追い越そうとしたところ、突然自転車が倒れてきて、乗っていたおじさんがケガをしたらしい。拡はぶつかっていないという。

「どうやら、そのおじさん、『当たり屋』みたいなんだ」

拡の説明によると『当たり屋』とはわざと車にぶつかって、治療費や慰謝料を請求する犯罪者のことらしい。

おじさんは、拡の車のせいでケガをしたと言い張り、薄暗くて目撃者もいなかったので、拡の自動車保険で治療費を払うことになったのだ。

「今日急に、手だけじゃなく足も痛くなってきた、って言い出したんだ。もう一週間も前のことなのに」

二週間後、同じ塾に通う真知子と家の近くで会ったので、ふたりで塾に向かった。

「竹林の道、通っていこう」

「麻美ちゃん、いつもひとりでこの道通ってるの？　怖くない？」

「ううん、大丈夫」

麻美は、竹林の道の真ん中あたりで自転車を止め、地面におにぎりを置いた。あの日以来、塾で食べるおにぎりをひとつ、猫にあげている。もう四、五回目になる。

「ごはんだよー」

ヒョコヒョコと足を引きずって子猫が出てくる。一度は病院に連れて行こうかと考えたが、捕まえようとすると逃げてしまうのであきらめた。

「かわいいでしょう。この猫、友だちなんだ」

白い子猫は、近づいてきておにぎりに飛びついた。

「ねえ、この子、クリーニング屋さんの猫じゃない？　昨日見たよ」

「えっ？」

「クリーニング屋のおばさん、近所の猫に餌をあげているでしょう。白くて耳が片ほう黒い、この猫もいたよ。でも足はケガしてなかったな。普通に歩いてた」

「うそっ。もうずっとケガしているよ。だからおにぎりをあげてるんだよ」

さすがに自分がケガをさせた、とまでは言えない。

「クリーニング屋でもたくさん、キャットフード食べてたよ」

竹林の中を通ればクリーニング屋はすぐそこだ。この子猫が出入りしていることは十分考えられる。クリーニング屋のおばさんは大の猫好きだから、もしケガをしている猫を見たら、絶対、病院に連れていくだろう。

「当たり屋のおじさん、こんどは肝臓の具合が悪いらしい」

事故から二か月たつというのに、おじさんの電話は、まだ続いていた。

「肝臓？　それ、事故と関係あるの？」

「ないよ。なくても言いがかりをつけてくるのが、やつらの手口なんだよ」

頭を抱える兄を見ながら、麻美は猫のことを考えた。

（もしかして、あの猫も、餌をもらうためにわざとぶつかったふりしたのかな？　まさかね。でも頭のいい『赤猫』の子孫だったりして……）

三学期の期末テストが始まった。学校が早く終わるので、塾の開始時刻も早くなる。

麻美はいつもとちがう時間に竹林を通った。

白い猫がいた。左の耳だけ黒い。でも、足を引きずっていない。

「あ、あの猫、やっぱりケガしてなかったんだ」

いつもとちがう時間に来てみたら、正体を見せたということか。

「この当たり屋の猫め！」

腹が立った麻美は、持っていた水筒を投げた。もちろん当てるつもりはなく、猫の真横に落とすつもりだった。けれど、人の気配に気づいた猫が動いてしまった。水筒の落ちるほうへ。

ゴン。猫が倒れる。

「うそっ。ごめん!」

猫は数秒手足をピクピクさせていたが、その後まったく動かなくなった。

麻美がその場から動けず見ていると、草の間からもう一匹猫が出てきた。

同じように体は真っ白で左の耳だけが黒い。そして、足を引きずっている。

「二匹いたの?」

まったく同じ模様の猫が二匹いた。クリーニング屋で餌を食べていたのは足をケガしていないほうの猫だったのだ。

(なんてことをしてしまったんだろう)

風が吹いて、笹が揺れる。一瞬、竹林の奥に、赤い猫が見えた気がした。麻美の頭の中に猫の鳴き声が響き始める。

駅で待つ男の子

初めてその男の子に出会ったのは、夕暮れ時だった。

西の空は、夕日のオレンジ色が少しずつ濃くなって、東の空はどんどん暗くなっていく。真上には一番星がキラキラとかがやいていた。

オレは、街をぶらついていた。

理由は特にない。することがないから、ただ歩いているだけだった。

正直言って、自分のことはどうでもいい気持ちになっていた。自分自身が何者であるか、よくわからなかったから。

そうして駅までたどり着いた。

改札口にある柱にもたれかかり、オレは人の群れをぼーっと見ていた。

帰宅ラッシュの時間帯だ。電車がホームに滑り込むと、ホームに人がどっとあふれ、その人たちが階段に流れ込んで、改札から出てくる。改札を出た彼らは、わき目もふらずに歩き出している。みんな、家族が待つ家に帰っていくのだろう。

人は、朝、電車に乗って仕事や学校に行き、夕方、こうして帰ってくる。これをくり返して一日が、一週間が終わっていくのだろう。

と、柱の脇の小さな人影に気がついた。

この改札口で待ち合わせをしている人はたくさんいた。駅で家族や友だちと落ち合って、夕食でもとるのだろう。でも、その小さな人影は、少なくともオレがこの駅に着いてからの一時間ぐらいは、ずっと動かないでいる。

待ち合わせだろうか。近くに寄って見てみると、そこには男の子が立っていた。年齢は、五歳くらいに見える。そのくらいの歳の子がひとりで駅にいるのはおかしいんじゃないか。

男の子は緑色のTシャツに紺色のズボンをはいていた。さっと見たところでは裕福そうでも貧乏そうでもない。

オレは想像する。

たぶんこの子は、会社から帰ってくる父親を待っているのだ。

じゃあ母親はどうした？　ああ、きっとお母さんはおなかが大きくて出かけることができないのだろう。もうすぐお兄ちゃんになるこの子は、お父さんと駅の改札口で待ち合わせて、そのあと近くのレストランにでも行くにちがいない。

そんなことを想像していると、オレはだんだんこの子のことが気になってきた。

待っている相手が一時間以上も現れなければ、何か異変があったと考えてもおかしくないだろう。ひょっとして父親は勤め先で急病になって病院に運ばれた？　それとも事故にでもあったのか？　いや、もしそうだとしたら連絡が入るはずだ。

だんだん心配になってきた。

何か事情があって現れないのなら、ほかの家族がこの子にそれを伝えなければならないだろう。もうすぐ夜なのだから、子どもがいつまでも外にいていいわけがない。

声をかけようか。

流れる人の群れの間に、ちょこ、ちょこ、と見える男の子の姿を見ては、自分がどうすべきなのか考えてしまう。でも、いきなり知らないおじさんから声をかけられたら、怪しい人だと思うかもしれない。どうしよう。どうしよう。

やっぱり声をかけよう、とオレは決意を固めた。

流れる人混みをかきわけて、男の子に近づく。

だが彼はオレの存在に気づかない様子で、あいかわらず改札口の向こう側、おそらく父親がやってくる方向を見ている。

「ねえ、ぼく」

オレは男の子の脇に立って、おそるおそる声をかけた。

反応がない。あ、声が小さかったのか。こんなに人が多いと、声がかき消されてしまうからな。

「ねえ、ぼく」

さっきより、もっと声を張って話しかけた。

男の子は、それでもオレの存在に気がつかないかのように、まっすぐ前を見ている。

なんだこの子は……。

オレは動揺した。そばにいて大きな声で呼びかけているのだ。これで反応しないとなれば、わざと無視しているということだ。

腹立たしい気持ちが湧き上がってくるが、それは早合点だろう。

耳が聞こえない可能性もある。

オレは、思い切って彼の目の前に立って屈み込んだ。目の高さを合わせたのだ。これで反応しないのなら、本当に病気か、本当に無視しているか判断できる。

「ねえ、ぼく。さっきから何回も呼んでいるけど……あ」

男の子の目を見てオレはあとずさる。

やはり、オレの目を見ていない。オレがいないかのように、なおも遠くの、改札口の先を見ているような、遠い目をしていた。

この子は、やはり少し変わった子なのかもしれない。そう思うと、オレはこの男の子に対して少なからずの同情と、同時に親しみを覚えていた。

なぜなら、オレも記憶の部分に悩みを抱えていたからだ。

「リョウイチ」

背後で声がした。振り向くと三十歳くらいの女性が立っていた。

「やっぱりここにいたのね。さあ帰るわよ」

男の子の母親だろう。怒っているわけでも、心配しているわけでもないような話し方だった。

彼女の息子は母親の呼びかけに反応しない。

この男の子は、いつもこの場所に来て、遠くをぼーっと見つめ、こうして迎えにきた母親に手を引かれて帰っていくのだろう。

オレは母子に声をかけることもできず、去っていくふたりのうしろ姿を眺めていた。

オレは記憶障害を抱えている。

いつからか不明だが、気がついたら街をぶらついていた。

覚えているのは前日のことだけ——駅の改札口で立っていた男の子と、迎えにきた母親の姿だけ。おとといより前のことは、まったく覚えていなかった。

これはどういうことだろう。

オレは途方に暮れるしかなかった。

そんなわけで、今日もオレは街をぶらつき、夕方に駅の改札口にたどり着いた。

改札から吐き出される、人、人、人……昨日と同じ風景が目の前に現れる。

そして、今日もあの男の子が立っていた。

リョウイチと母親が呼んでいた男の子は、遠い目をして、階段を降りてくる通勤客の群れを眺めている。この子の目に、この風景はどう映っているのだろう。

オレは男の子に近づいた。母親が迎えにくるまでは、そばにいて見守ってあげようと思ったのだ。彼の意識の中にオレがいなくても、オレが横にいれば保護者と思って不審者は近づいてこないだろう。

「リョウイチ」

しばらくして、今日も母親が現れた。

「今日もここにいたんだ。パパは帰ってこないよ。行こう」

そう言って男の子の手を取ろうとしたときだ。

「いやだ」

小さな声だったが、男の子が叫んだ。

「パパが帰ってくるまで、ボクはここで待ってる」

男の子は、母親をじっと見ていた。

オレは少しおどろいていた。この子は、自分の気持ちを表すことができない——そう思っていたが、ちがっていたのだ。

母親は困ったような顔をして、子どもを見ている。

オレは思わず、母親に話しかけていた。

「あ、あの」

この子はどういった事情で、駅の改札口に立って、父親をずっと待っているのか。それをどうして、母親は無理矢理に連れ帰ろうとしているのか。

「すみません。この子が昨日もここにいるのを見たんですが……」

あれ、とオレは違和感を覚える。

母親に話しかけても、彼女はオレの声を無視して子どもを見ているだけだった。

「あらあ、花岡さんと、リョウイチくん」

呆然と立っているオレの横に、老婦人が立っていた。

「今日はお出かけだったの？」

「いえ、ちがうんです……」と母親は表情を曇らせて息子を見る。

男の子は老婦人に笑顔を見せる。

「ボクはね、ここでパパを待ってるんだ。これがボクのパパだよ」

ポケットから写真を取り出して老婦人に見せた。

母親は、息子に聞こえないよう小声で、老婦人に話す。

「夫が事故で亡くなったことを、この子にはまだ言えなくて、きっといつか帰ってくるよって言ってしまって……。だから、この子はこうして毎日、駅で父親の帰りを待っているんです」

赤ちゃんを抱っこしている母親の写真。

その横には、笑っているオレが写っていた。

新しいお友だち

「ねぇ、ママ。公園に行ってきてもいい？」

ある日の午後、退屈そうにひとりで遊んでいた五歳の長男が、母親にこう聞いた。

「公園って、トモくんがひとりで？　うーん。だいじょうぶかな？」

母親の腕の中で眠ったばかりの長女は、まだ生後まもない。そのうえ、最近、体調があまりすぐれない母親は、息子と一緒に公園まで出かける気にはなれなかった。

公園は、家の前の道路を渡って遊歩道を少し歩けば、子どもの足でもすぐのところにある。日中は近所の母子がたくさんいるから、それほど危険ではないだろう。

そう考えた母親は、息子が家の前の道路を安全に渡るところまで見届けて、振り返る息子に手を振ってから、家の中へと戻った。

その日、息子は約束通り、おやつの時間までに帰ってきた。

「ママ、今日、新しいお友だちができたんだよ！」

「あら、よかったわね。保育園が一緒の子？」

「もう、七歳なんだって」

「あら、じゃあ、もう小学校なのね。どんな子？」

「名前はコウくんっていうんだ。ぼくより小さいよ」

息子も五歳児の中ではあまり大きいほうではないが、七歳で息子より小さいのなら、だいぶ小柄な子なんだな、と母親は思った。

「だれかと一緒だった？」

「うん。お母さんといたよ。ちゃんと『こんにちは』って言ったよ」

その日から、息子はちょくちょくひとりで公園へ行くようになった。そして、行くたびにコウくんの母親にあいさつをし、コウくんと一緒に遊んでいるようだった。

「トモくん、いつもコウくんと何して遊んでるの？」

「うーん、ぼくのお話を聞いてもらうことが多いよ」

「そうなの。コウくんって、お兄さんっぽいんだね」

「うん。コウくんは泳ぐのが得意みたい。でも、かけっこはぼくのほうが速いよ。それから、とてものんびりやさんって感じ。おとなしいし」

息子はとても楽しそうにコウくんのことを話した。そんなに仲よくなったなら、うちに遊びに来てもらおう。そう思った母親はこう言った。

「ねぇ、今度、コウくんをおうちに誘ってみたら。ママも会ってみたいな」

息子はとてもうれしそうにしたが、少し考えてからこう言った。

「おうちに連れてくるって、どうやって？」

息子は、これまでに自分から友だちを家へ連れてきた経験がなかったのだ。

「まずは、コウくんに話して、それからコウくんのお母さんに聞いてみたら？」

「わかった。でも、コウくんのお母さん、いいよって言うかなあ？」

「じゃあ、ママも公園へ行って、コウくんとお母さんにごあいさつするわ。コウくんに何かおやつを持っていこうかしら？　何がいいかな？」
「コウくんは、勝手におやつを食べちゃだめなんだ」
息子は真面目（まじめ）な顔で答えた。
きっと、コウくんのお母さんがいろいろとこだわる人で、おやつにも気をつかってい
るのだろう。そんなお母さんと仲よくなれるかしら？　そう思いながら、母親は長女を
ベビーカーに乗せ、息子とともに公園へ向かった。
「ママ、コウくんだよ！」
息子が笑顔で指さした先には、確（たし）かに息子よりも体が小さく、泳ぐのは得意だが、か
けっこが苦手そうな子がいた。
その子がいる小さな池のふちには看板（かんばん）があり、
「カメのコウくん。七さい。たべものをあげないでください」
と書いてあった。池の中には、もう少し大きなカメもいるらしく、息子は、そのカメ
のことをコウくんのお母さんだと思っていたのだった。

就職試験

大学四年の夏。青年はあせりを感じていた。

半年ほど前から就職活動を始めたにもかかわらず、まだたったの一社からも内定をもらえていないのだ。

そんなに高望みをしているわけでもない。大学の成績も悪くはないし、試験や面接に向けての準備も、ほかの学生よりしているつもりだ。それなのに、真面目な自分はいっこうに選ばれず、遊んでばかりいるようなチャラチャラしたやつらのほうが、いともかんたんに内定をかっさらっていく。

(企業の面接官なんて、えらそうに座ってはいるものの、その目は節穴ばかりだ)

心の中で毒づきながら、青年は今日の面接会場へと向かった。

その会社は、細くねじ曲がった路地を通り抜けたところに、突然現れたように建っている、古い小さな雑居ビルの中にあった。

(むしゃくしゃして手当たり次第にエントリーしちゃったからな。こんなに小さくて、今にもつぶれそうな会社にまで応募してたとは)

青年は苦笑した。こんな会社にまで落とされたら恥だ。絶対に受かってやる。

面接のために現れた初老の男性はこの会社の社長のようだが、社長の風格をみじんも感じさせない、地味で腰が低そうな人物だった。

すすけたガラスのパーテーションで区切られた一画に案内され、社長と一対一の面接が始まった。今まで何度も他社で聞かれたのと同じような質問ばかりだったため、青年は打ちやすいところへ飛んでくるボールを打ち返すように、すらすらと答えていた。

「では、最後の質問です。あなたは、会社のルールはどんなことがあっても絶対に守るべきだと思いますか?」

青年は、少しも迷うことなく「はい」と答えた。すると、社長がこう言った。

「それでは、今から私がいいと言うまで、絶対にそこを動かないでください」

気がつくと、青年は外に立っていた。

(なんだ、これは？　いったい、どういうことだ？)

突然、稲妻が光ったかと思うと、土砂降りの雨が青年を打った。

(そうか。しくみはよくわからないけど、これは試験の続きなんだ。一歩も動かなきゃいいんだろ。こんなことぐらいで合格できるなら、何だって耐えてやるさ)

しばらくして雨がやんだかと思うと、今度は柄の悪そうな男がやってきて、青年にそこをどくように言った。しかし、青年は無視し続けた。怒った男が殴りかかってきた。青年が耐え抜こうと歯をくいしばって覚悟を決めたとたん、その姿は消えてしまった。

そこへ、今度はよちよち歩きの子どもが現れ、道路へ向かって進んでいった。道路にはいつのまにか、車が激しく往来している。

(おいおい、これもまさか試験のうちなのか。いくら会社に忠誠を誓うって言ったたって、これをスルーするのは、人としてどうなんだ。でも、これもまた試されているだけで、消えてしまうのかもしれないし……）

青年が悶々としているうちに、子どもが道路を横断し始めた。そこへ、スピードを上げた車が走ってくる。

（でも、もしこれが現実だったら子どもはどうなる？　見殺しにしてまで忠誠を尽くせという会社なんて、こっちから願い下げだ）

道路へ飛び出した青年が、子どもを抱えて脇によけた瞬間、車も、道路も、子どもも、外の景色も消え、元の面接会場に戻っていた。

「合格ですよ」

社長はほほえんでいた。

その後、青年は大手の会社からいくつも内定をもらうようになった。そのうちのひとつに入社することに決めたものの、あの小さな会社のことがずっと気になっていた。

しかし、何度調べてみても、あの会社の情報が出てくることはなかった。記憶を頼りに、あの小さな雑居ビルへ行こうとしても、二度とたどり着くことはできなかった。

こんな人間にもなるな

昨夜の飲み会でお酒を飲みすぎた瑞希は、会社へ向かう電車に飛び乗った。ラッシュ時を過ぎていたので、乗客はさほど多くない。

二日酔いで痛む頭を押さえながら、空いている座席に座る。隣はブレザーの制服に黒いランドセルを背負った少年だ。

（二駅手前の私立小学校の子か。昼前に学校が終わることもあるんだ）

高学年だろうか、少年は、英語が並んだ洋書を読んでいた。もちろん絵の多い子ども向けのものだが、並んだ英字を見ていると、瑞希は昨夜の自分のバカ騒ぎぶりと比較してはずかしい思いがした。

電車が駅に着くと、数人の乗客が入れ替わる。

水色のワンピースを着た小ぎれいなおばあさんが少年の前に立った。

「どうぞ」

少年は瞬時にスクッと立ち上がり、席をゆずろうとした。

「いいの、いいの。私は大丈夫。すぐ降りるから」

おばあさんは座ろうとしない。

少年は、「いいえ、そう言わずに」などと、もうひと押しする勇気もテクニックも持ち合わせておらず、浮かせた腰をどうしたものか決めあぐねて、おかしな姿勢になっている。

「私、いつも座らないの。大丈夫よ」

おばあさんは少年の肩を押して、彼を席に座らせる。少年の顔は真っ赤だ。

(かわいそうに。ありがとう、って言って座ってあげればいいのに)

確かに水色のワンピースは若々しく、背筋も伸びているから足腰には自信があるのかもしれない。けれど頭は白髪だし、顔だってシワだらけ、どこから見てもおばあさんだ。

瑞希は、おばあさんをにらみつけたが、おばあさんは気がつかない。

電車は次の駅に着いた。今度は五十代くらいのおばさんがおばあさんの隣、瑞希の前に立つ。

少年と瑞希を見たおばさんは、おばあさんに同意を求めるように言った。

「最近の子は席をゆずらないなんて。ねえ」

すると、おばあさんは賛成の意を表すように「ねえ」とにっこりうなずいた。

「それはないでしょう！」

瑞希の頭の中で何かが切れて、思わず立ち上がりながら叫ぶ。

「この子はちゃんと席をゆずりました。このおばあさんが拒否したんです」

乗客の視線が集まるのを感じるが、もう自分でも止められない。

「大体ね、これぐらいの歳の子どもっていうのは、学校でも家庭でも《お年寄りに席をゆずりましょう》って言われ続けているんですよ。嫌というほど。だからゆずらざるを得ないんです。だったらゆずらせてあげましょうよ。席をゆずられたら座ればいいんですよ。どこで降りようが関係ない」

おばさんが口を開きかけたが、瑞希は話す隙を与えない。

「ねえおばあさん、座らないなら新しく乗ってくる人に、毎回大声で言ってくれます？　この子は席をゆずってくれたのですけど、私が断ったんですよって。でないと、今みたいに座っている子が誤解されるでしょう。それができないなら、車両間を歩きまわっていてくださいよ。もう二度と席をゆずられたりしないように」

瑞希は、次に少年のほうを向いた。

「いい？　こういう、人の立場を思いやれない人間になっちゃだめよ。君は、いい子のまま大きくなってね。で、今回のことにめげず、お年寄りや身体の不自由な人を見たら、席をゆずって欲しいの。負けちゃだめよ」

少しおどろいたような顔をしている少年へたたみかける。

「今度、席をゆずっても座らない大人がいたら、こう思いなさい。この人はお尻にできものがあって座ると痛いから座れないいんだって。悪いのは君じゃない」

車内がシンとする。みんなの頭に浮かんでいるものは同じだろう。

「ぶわはっはっはは」

向かいの席にいた初老の紳士が笑い出した。つられてまわりもクスクス笑い出し、車内は和やかな雰囲気になった。

瑞希は、まわりに会釈しながら、堂々と席に座る。

苦虫をかみつぶしたような顔をしたおばさんとおばあさんは、連れ立って隣の車両へ移っていった。

次の駅で少年は立ち上がると、瑞希に「ありがとうございました」と言い、下車していった。

その駅からまた、たくさんの人が乗ってくる。空席はどんどん埋まり、瑞希の目の前には、杖をついたおじいさんが立つ。

(二日酔いで大声出したら疲れたわ)

瑞希は全力で寝たふりをした。

入れ替わりジュース

「だれにも言うなよ、田崎。実は俺、大変なお宝を持っているんだ」

友人の木村が声をひそめて俺にそう言ったのは、土曜日の午後。男ふたりでアニメ映画の話題作を観に行った帰りだった。高校二年にもなって、休日を男友だちと過ごしているのは物悲しいが、彼女がいないのだからしかたがない。

「なんだよ、大変なお宝って。声優の握手券か？」

俺は木村の話を上の空で聞きながら、映画館で買ったポップコーンを頬張っていた。

街中の公園。俺と木村が座るベンチの前を、手をつないだカップルが通り過ぎていく。

「世の中、本当に男女の比率は半々なのかな」俺は、ため息をついて言った。「あーあ。かわいい女の子とつき合ってみてーなー。さっき観た映画の主人公みたいに、女の子と心が入れ替わって恋に落ちるとか、都合のいいこと起きねーかなー」

すると、木村が大きくうなずいて俺のほうへ身を乗り出した。

「そこだ。それでこの、入れ替わりジュースだ」

腰につけたバッグの中から小さなガラス瓶を取り出し、俺の目の前に差し出す。

「入れ替わりジュース？」

ピンクの液体が入ったガラス瓶に触ろうとすると、木村が「気安く触るな」と俺をけん制した。「大切に扱え。ひいじいさんが、ひと瓶だけ残してくれた、特別な薬だ」

木村は小瓶を注意深く持ち、目を細めて言った。

「俺のひいじいさんは、マッドサイエンティスト……いや、変わり者の科学者だった。生涯をかけて薬の研究に没頭したが、なんとかモノになったのは、たった二種類の薬だけ。ひとつは犬が人間の言葉をしゃべるようになる薬……」

「すごいな。大発明なのになぜ世の中に知られていないんだ？」

「飼い犬がペラペラと家庭の事情を話すと、困る人間が多いからだよ」

「なるほど」

「もうひとつが、この入れ替わりジュース。この薬を飲むと、ほかの人間と心を入れ替えることができる。今観たばかりの映画のようにな」

「マジかよ」俺は半信半疑で聞いた。「本当に?」

「本当だ」木村が小さくうなずいた。「一度だけ、ひいじいさんはこの薬を試した。目の前にいた、あこがれのかわいい女の子を見つめながら」

「そ、その子と心を入れ替えたのか! で、どうなった? その子がお前のひいばあさんになったとか?」

話に食いついた俺を見て、木村が「いや」と横に首を振った。

「パニックを起こした女の子に速攻ぶん殴られて気絶した。目が覚めたら、元に戻っていたそうだ。うちどころが悪くて三日間眠っていたそうだからな。この薬の効果は三日しか持たない」木村が遠い目をして言った。「ひいじいさんは、読みが甘かったのさ。想像してみろ、田崎。心が入れ替わった女の子が、ブサメンの体で目覚めたら?」

「ああ……」俺はうめき声を漏らし、犬のボストンテリアに似ていなくもない木村の大きな顔を見た。「お前のひいじいさんは……」

「俺とそっくりだった……」木村が、肉厚の丸い肩を落とす。

「心が入れ替わった女の子は、イケメンの体で目覚めないとヒステリーを起こすんだ。そんなわけで、俺はこの魔法の薬を使うことができない。これこそ、宝の持ち腐れだ」

「じゃあ、こうしたらどうだ？　女の子と入れ替わらずに、男と入れ替わる。どうせなら、人気絶頂のアイドルとかイケメン俳優と。スポーツ選手でもいい。そして、夢のようにモテまくる三日間を過ごすんだ！」

「ダメだ。異性としか入れ替わることができない薬だからな。しかも、相手を間近に見ながら薬を飲まなきゃならない」

「めんどくせー薬だな」

「じゃあ、飲まないでいいんだな？」

「え？」

「お前にこの薬を飲むチャンスをやろうというんだ、田崎。お前はイケメンでもないがブサメンでもない。中の上程度だから、俺よりはマシだろう」

「ええっ！」

俺はベンチから飛び上がり、ついでに木村の足元にひざまずいた。

「ありがとう、ありがとう、大親友の木村くん！　俺が経験したことは、逐一お前に報告すると誓います」

「で、だれと入れ替わりたい？」

木村に聞かれ、俺は思わず顔を赤くして言った。

「一組の……春野さんと……」

春野さんは、俺の高校でナンバーワンの美少女だ。あまりにもかわいいから、おそれ多くて話しかけることすらできないほどだった。あの笑顔を思い出すだけで、頭がボンヤリし、胸がドキドキしてしまう。

「頼む。木村。一生、感謝するから」

「ダメだ。高望みすぎる」木村がピシャリと言った。「同じクラスの吉川にしておけ」

「吉川かよ！」俺はうなった。「フツーの顔じゃん。あの程度のルックスの女となら、俺だって一生のどこかでつき合えるぞ！」

「まあな。だが、今はまだだれともつき合ったことがないんだから、ぜいたくを言うな。俺だって泣く泣くお前にこの薬を飲む権利をゆずるんだ。使用期限が明日だからな」

俺は必死で木村に頼んだ。

「いいじゃんか！　三日でいいから夢を見させてくれ！」

詰め寄る俺と、はねつける木村。

「ダメだ！　春野さんには俺もずっとあこがれているんだ！　だったら、薬は渡さない！　ここで俺が飲んでやる。あそこにいるあの子と入れ替わるぞ！」

いきり立った木村が、通りすがった女の子を見ながら薬の瓶を開けた。とっさに、その瓶を奪い取る。

「この際、春野さんじゃなくてもいい、俺が飲む！」

一生に二度とない、この貴重な機会を逃すまいと、必死な俺。

あわてる木村の目の前で、強引にピンクの薬を飲みほそうとした時だ。

「亮太。偶然ね。こんなところで何やってるの？」

うしろから声をかけられ、つい振り向いた。おどろきで口に含んだ液体がゴクリと喉を下る。

その瞬間。俺は、ベンチの前で木村とつかみ合ったままこっちを振り返っている、俺自身を見ていた。

空の小瓶を持ってポカンと口を開けていた目の前の俺が、不思議そうに首をかしげる。

「あら？　どういうこと？　鏡かしら。わたしが目の前にいるわ」

その口調も態度も、子どものころからよく知っていた。

この公園が、スーパーと自宅の間にあったことを思い出す。

母親と心が入れ替わってしまった俺は、両手に食料品の入った買い物袋を持ったまま、ガックリとうなだれた。

願い

丘の上に神殿がある。

その丘の上からは、小さな入り江を一望でき、神殿には海と陸の両方を司る「大いなる神」が祀られていた。

大いなる神は、千年に一度、日の入りの時に、ふだん閉ざされている神殿の扉を開け、扉の前にいる人間の願いを叶えてくれる、と言い伝えられていた。

叶えてくれる願いの数は、手にしている供物と同じ数だけ。ただし供物は、片手にひとつしか持ってはいけないので、あわせてふたつが最大である。

そろそろ千年目だと三十年ほど言われ続けているが、まだ扉は開かない。

男がひとり、丘のふもとから続く石の階段を上っていく。

男はいつも丘のふもとの花屋で花を二輪買い、両手に一輪ずつ持って階段を上る。

男の願いは「不老と不死」。三十年ほど前から、毎日欠かさずに丘を上る。

小さな畑を持つだけのつつましい生活を送る男には、神話に出てくる神々のような不老不死くらいしか、見る夢がなかった。

月日は過ぎ、若かった男も、今では老人になりつつある。

丘のふもとの花屋の店番も、時と共に変わっていった。最初は今にも死にそうな老女だったが、次に中年の女になり、その次にまた老女、最近では若い娘が店に立つようになっていた。

今までの女たちと比べて、特に愛想のいいこの娘は、二輪の花を手渡す時、笑って男に言った。

「もう不老じゃなく若返りを願えば？　おじさんも若いころはすてきだったでしょうに」

男は娘を好きになった。

娘にすれば、何でもないただの軽口だったかもしれないが、畑と神殿を往復するしかない男には、大きな一言だった。

男は娘の言う通り、願いごとを「若返りと不死」にしようと考えた。しかし、若返っただけで本当に「すてき」になるだろうか、と不安になる。「若返りと美しい容姿」のほうがよいかもしれない。

「いやいや、いっそ美しい容姿とたくさんの財産を望むべきだろうか。あの娘はどんな男が好きなのだろう」

何十年も変わることのなかった男の願いは、迷って、揺れて、定まらない。

ある日、いつものように花を買い、神殿への階段を上っていた男は、丘のふもとから聞こえるにぎやかな笑い声につられて、振り返った。

娘が花屋の店先で若い男たちとたわむれている。軽やかな動作、華やかな笑顔、今まで男が見たことのない姿だ。

「うぬぬーっ」

嫉妬のあまり、男は右手の花をへし折ってしまった。

「ああっ！　これでは供物にならない。今日はひとつしか願えない」

投げやりな気持ちで、男は最後の石段を上がった。

ググッ、グググッ。男が今までに聞いたことのない音がする。

扉が開き始めていた。

中から、明るい光が漏れる。男はとっさにひざまずいた。

《供物を……》

頭の中に直接、神の言葉が浮かんだ。

男はとっさに、左手に持っていた花を一輪差し出した。

《願いごとをひとつ、申すがよい》

ひとつ。男は迷った。不老か、不死か、若返りか、美しい容姿か、財産か、娘の望むものは何なのか。いや、自分の望みは何なのか。

男は、精いっぱいの声で叫んだ。

「花屋の娘と結婚したい」

その願いが叶い、男は花屋の娘と結婚した。

しかし娘は家の用事をせず、男には冷たく当たり、男が稼いだ金は、あっというまに使ってしまう。

「わたし、どうしてあなたと結婚したのかしら？」

娘はそう言って、今日も若い男の家へ出かけて行った。

神は結婚させてくれただけで、仲のよい夫婦にはしてくれなかったのだ。

どんな風に願えば幸せになれたのだろう、男は毎晩考えながら妻の帰りを待つ。

ウラヨミ警部の事件簿

中学校の裏門で、校長先生が殺されているのを、通行人が発見した。

警察署から、警部と刑事と巡査がやってきた。

この警部、難事件の裏を読み、見事、解決に導く名警部で、かげでは「ウラヨミ警部」などと呼ばれている。

警部は、さっそく巡査に聞き込みを依頼する。巡査はトットコ走っていった。

刑事が血のついた大きな石を指さした。

「警部、凶器はこの石のようですね」

「そのようですね。ふううむ」

警部はしゃがみ込んであたりを見まわすが、刑事はおっくうそうに立ったまま言った。

「いやあ、警部が裏を読むまでもない、かんたんな事件でしょう。昨夜このあたりにいた怪しい人物が犯人だ」

戻ってきた巡査が、

「猛スピードで走り去る、帽子にマスク、セーラー服の女子中学生が多数の人に目撃されています」

と、言った。刑事の目が光る。

「よーし、そいつが犯人だ。逮捕しろ」

「帽子とマスクを持っている女子中学生は百二十名います」

「百二十名のアリバイを調べるのか。面倒だな」

刑事は意見を求めるように警部を見る。

「そうですねえ。事件の裏を読みましょう。女子中学生を容疑者と思わせようとした、男子中学生が真犯人、でどうでしょう?」

「なるほど、小柄な男子であれば、帽子にマスク、スカートで夜道とくれば女子中学生に見えますな。では、小柄な男子も候補に入れましょう。でも、それだと警部、容疑者の数がさらに増えますぞ」

「ではさらに裏を読んで、中学校で最も多い中学生を容疑者と思わせようとした、教師が真犯人、でどうでしょう?」

「なるほど、女子中学生に見える教師もいるでしょう。でも、だれかに見られた時の衝撃が大きすぎませんか? コスプレ殺人犯なんて、できれば避けたいでしょう」

「ではもっと裏を読んで、人間を容疑者と思わせようとした、チンパンジーなど類人猿が真犯人では?」

「もはや裏でも表でもありませんな」

警部はしばらく考えて、叫んだ。

「ますます裏を読みましょう。容疑者がいる殺人と思わせようとした、自殺だ、自殺でしょう!」

「なるほど、そうですね。自殺かもしれませんね」

刑事はほくそえんで、そっと自分のズボンのうしろポケットをなでた。そこには校長先生の財布が入っている。

(別のだれかを犯人に仕立て上げるのは忍びないと思っていたところだ。自殺ならちょうどいい)

そこへ警部に頼まれて、再度聞き込みに行っていた巡査が戻ってくる。

「『怪しい人物を見たか』の裏で、『怪しくない人物を見たか』の聞き込みに行ってきました。多くの人が、刑事の姿を目撃しています」

「しっかり裏を読みました。自分を捜査される側ではなく捜査する側だと思わせようとした、刑事が真犯人！　それが真実です」

刑事はおどろいた。

「なぜわかった！」

「さっき、しゃがんだ時に見えました。コートの裏に血がついていますよ」

「裏ッ!?」

ニセモノの絵

「川村看板」は、手描きの看板やチラシを作る小さな会社だ。

現在の社長である川村氏が先代のあとを受け継いだばかりのころは、景気もよく、一時は社員が百人以上いたこともあった。

しかし、今は看板もチラシのデザインも、パソコンで作るのが常識という時代。時間も料金もかかる手描きのものをわざわざ選ぶ人は、どんどん少なくなっていった。

だいぶ前から、会社の経営は厳しくなっていた。しかし、川村社長はこういう時代だからこそ、なんとしても手仕事のよさを残していきたいと考えていた。

「最後まであきらめちゃいけない。どんなに規模が小さくなったとしても、この会社を守っていこう！」

社長はそう言って、日々、運営資金の調達に飛びまわっていた。社員はすでに、家族が中心で、あとは昔からずっと勤めている職人が三人いるだけだった。彼らも営業活動にいそしんでいたが、思うような効果はなかった。

社長は、長男にあとを継がせる気だった。長男も、時代に逆行する父の考えは嫌いではない。しかし、このままでは、父の代で会社をたたむことは避けられないだろう。実際、副社長でもある母には、いずれは他社に就職するつもりで勉強をしておくように、と言われていた。

疲労と心労が重なったためか、ついに社長が倒れてしまった。体のあちこちに不調が見られ、入院して詳しい検査をすることになった。

検査の結果、社長はすでに重い病気をわずらっていることがわかった。医者は、手術をすすめた。手術するとなると、予想外の出費だ。しかし、社長の容態は思わしくない。すぐに手術をしなければ、命に関わる状況だった。

社長をのぞいた全員で話し合って、会社はたたむことに決めた。ただし、その話は社長の耳には決して入れないようにする。元気になって、退院してきた時にはじめて、打ち明けようということにした。

社長の自宅には、先代から受け継いだ骨とう品がたくさんあった。いずれも景気がよかった時に先代が買っていたもので、なかには数百万円の値打ちがあるものもあった。しかし、会社がかたむき始めた時、社長はこれらを売るようになった。今も残っているのは、社長がとても気に入っていた数点だけだった。

「これらも売って、手術費にあてよう。父さんの命には代えられない」

長男はそう言って、できるだけ高値で引き取ってくれるところへ売りに行った。

社長には、ちょうど大きな仕事が入ったので、しばらくそれで会社を続けることができるから、この機会にゆっくり休んで欲しい、と伝えた。

社長は、常に会社の行く先を案じていたが、社員の説得に根負けするような形で、手術をすることをようやく受け入れた。

手術が迫ったある日、社長はこう言った。

「この病室は、いささか殺風景すぎるなあ。手術が終わって戻ってきた時に、そこの壁にあの絵があると安心できると思うんだが」

「わかりました。そうしましょう」

妻である副社長はそう言ったものの、内心あせっていた。社長の言う「あの絵」は、長男がすでに売ってしまっていたからだ。副社長は長男に相談した。

「どうしましょう。めったにわがままを言うことのないあの人の頼みだから、叶えてあげたいんだけど……」

「今、連絡して聞いてみたけど、あの絵は、旅行に来ていた外国人が買ったらしい」

「じゃあ、もうどこへいったか見当もつかないわね」

「うん。せめてあの絵のレプリカが手に入ればなあ」

「レプリカって、つまりニセモノってこと?」

「そう。でも、そこまで有名な絵ではないから、レプリカがたくさん作られているとは思えないし、そんなにかんたんには手に入らないかもしれない」

そこへ、社長の様子を聞きに、職人たちが顔を出した。彼らは事情を聞くと、

「その絵、なんとかオレたちで描いてみることはできないですかね」

と言い出した。

「もちろん、完全に本物そっくりってわけにはいかないでしょうが、あの病室はなかなか広かったですよね。そんなに大きな絵ではないから、売ったのと同じような額に入れて壁に飾ったら、わからないかもしれない」

「うーん。でも、父はああ見えて、なかなかの目利きなんですよ。祖父にきたえられてましたから。大丈夫かなあ？」

「オレたちにだって、長い間看板を描いてきた誇りがありますからね。お世話になった社長のためですから、全身全霊を込めて、ニセモノを作ります！」

それから、職人たちは図書館から借りてきた画集の絵を参考にして、ニセモノづくりにとりかかった。細かい色づかいについては、実際に間近で本物をよく見ていた長男が口を出した。

油絵だったため、完成するまでには時間がかかった。職人たちは、慣れない油彩絵の具に苦労しながらも、長年の経験からなるすばらしい筆づかいで、遠くから見れば本物と見まちがうくらいのニセモノを完成させたのだった。これを、長男が見つけてきた額に収めた時、自然と拍手が起こった。

社長の手術が行われている最中に、ニセモノの絵が病室に飾られた。手術は長時間にわたったが、なんとか成功した。麻酔が効いていたので、社長はすぐにはその絵を目にすることはなかった。

次の日、絵を見た社長が何と言うか、副社長と長男は気が気でなかった。

「ああ、あの絵がある。本当に飾ってくれたのか。ありがとう！」

社長のこんなに明るい顔を見たのは久しぶりだった。ふたりは、職人たちに心の底から感謝した。

その絵は、しばらくその病室に飾られていた。

手術をした部分以外にも悪いところが見つかり、社長の入院は長引いていた。しかし、

社長はけっして泣きごとを言わず、時々じっと絵を眺めては、

「あれは本当にいい絵だ」

とほほえむのだった。

ある時、社長の容態が急変した。体力的にも、もう手術などで対応できる状態ではなかった。

その二日後、社長は眠るように亡くなった。

副社長と長男が病室にあった社長の荷物をまとめていると、ベッドの脇の棚にしまってあった社長のカバンから、一通の手紙が出てきた。

社長が手術を受けたあとに書いたものらしかった。

『わたしの力が足りないばかりに、会社を支えてくれたみんなには、苦労ばかりかけて申しわけありませんでした。いずれ、この会社はたたむことを避けられないでしょう。わが家にわずかに残る骨とう品が、もしまだあったら、会社に残ってくれた方々で分けてください。長年勤めていただいたのに、こんな形でしかお礼ができないことを、お許

しください』

「あの人、残していた骨とう品は、職人さんたちにあげたかったのね。もう、売ってしまったけど……」

「あ、あの絵のことも書いてある！」

『ただし、病室に飾ってもらったあの絵だけは、わたしが持っていきたい。みんなの気持ちが詰まったあの絵の本当の価値がわかるのはわたしだけでしょう。どうか、わたしが死んだら、ひつぎの中に入れてください』

読みながら、長男は声をつまらせた。

「父さん、本当は全部わかっていたんだ。あの絵がニセモノであることも、職人さんたちが描いてくれたってことも。わかっていて、見るたびにいい絵だって言っていたんだね」

あとでかけつけた職人たちも、この話を聞いてなみだを流した。

こうして、社長は希望通りニセモノの絵だけを持って、旅立っていった。

熱血教師

圭介のクラス担任の秋岡先生は、中学校内でも有名な熱血教師だ。いつも白い半袖のポロシャツに白いジャージのズボンをはき、フットワークも軽く校内を巡回している。悩みのある生徒を救おうと、常に目を光らせているのだ。

秋岡先生は、ケンカをしている男子生徒を決して見逃さない。もれなく彼らをグラウンドに連れていってこう叫ぶ。

「何本シュートを決められるか、それで勝負しろ！　さあ！　俺がキーパーだ！」

授業中も机に両手をついてクラスのみんなを見渡し、青春について熱く語る。

「いつでも俺に気持ちをぶつけてこい！　すべて受け止めてやる！」

居眠りや早退などしようものなら、その後何時間も徹底的に悩みを聞かれ、元気を出せと励まされる。

「秋岡さぁ、ウザいよな。いい加減、みんなドン引きしてるって気づけよ」

昼休み、だれもいない音楽室で、圭介の友人、陸がうんざりしたように言った。

「今時、熱血教師って何だよ。大昔のテレビドラマと一緒に死滅した人種じゃん」

「あー、すげーわかるわー。ゆるく生きさせて欲しいよな」

圭介が同意すると、陸はスマートフォンでメールを打ちながらため息をつく。

「昼休みでも教室でダラダラしてらんねーし。マジかんべんだわ」

「陸、スマートフォン隠しとけよ。校内持ち込み禁止じゃん。秋岡に見つかったら大変だぞ」

圭介がそう言った時だ。音楽室に、よく通る大きな声が響き渡った。

「お前たち、昼休みにこんなところで何をしている？」

秋岡先生が戸口のところで仁王立ちし、腰に手を当てて圭介たちを見ていた。

「うわ……！　ヤバ」

陸が大あわてでスマートフォンをポケットに隠す。すると、秋岡先生がつかつかと歩み寄ってきて、気まずそうな顔で窓の前に立っているふたりに言った。

「横沢圭介と飯田陸じゃないか。どうした？　中学二年生の昼休みの過ごし方といえば体育館でバスケと決まっているのに、音楽室に閉じこもってじっとしているなんて」

秋岡先生は、ふたりの顔を交互に見ると、陸の顔に目を留めた。

「飯田。隠しごとをしている目だ。そんなにおどおどして。何があった？　ん？」

「何でもありません。ちょっとおしゃべりしていただけで」

ポケットの中のスマートフォンが気がかりな陸は、しどろもどろに答えた。

秋岡先生の太い眉がピッと上がる。

「教師になって二十年。この俺に、お前の悩みが見抜けないとでも思うのか」

陸は、緊張で汗だくだ。圭介が同情を寄せた時、陸が思いついたように言った。

「あのう。そう、実はですね、今、横沢くんの相談に乗っていたんです！」

「へ？」

あっけにとられ、圭介は思わず陸を見た。うしろめたさからか、陸の視線が泳いでいる。陸め！　俺をスケープゴートにしたな！

圭介はあわてて言った。

「ち、ちがいます！　お、俺、飯田に何も相談なんかしてません！」

秋岡先生はまっすぐに圭介の目を見つめ、すべてを承知したようにうなずいた。

「友だちにすら相談できない深い悩みを抱えているということか。そうだな？　横沢」

熱血スイッチがオンになった秋岡先生に、もはや言いわけはきかなかった。

「俺が悩みを聞こう。放課後、国語教官室に来い。ふたりだけで話そう」

それからフッと笑い、圭介の肩をポンとたたく。

「大丈夫だ。心配するな、横沢。……俺がいる」

秋岡先生が音楽室を出て行ったとたん、陸は両手を合わせて圭介に平謝りした。

「悪い！　マジ、悪い！　スマートフォン、取り上げられたらヤバいし、思わず」

「まー、もういいわ。今回は許してやるよ。秋岡の話、頭下げて聞いてくるわ」

腹は立つものの、ケンカはしたくない圭介だ。そして、放課後になった。

「本当に、悩みはないのか。横沢」

国語教官室の椅子に腰かけ、秋岡先生が熱心に聞いた。

「はぁ。何にも。本当に何にも悩みはないんです」

「俺を信用してくれ、横沢。俺は、お前たち生徒全員の幸せを心から願っている。一点の曇りもない明るい笑顔で、かけがえのない青春時代を過ごして欲しいんだ」

このやり取りを、もう二時間も続けている。

圭介はだんだん面倒になってきた。どうしても、悩みがあると認めないと帰らせてもらえないらしい。そこで圭介は、口から出まかせを言うことにした。

「実は、俺じゃなくて母に悩みがあるんです。それで俺も暗くなっちゃって」

いくら秋岡先生でも、圭介の母親の悩みに立ち入ることはできないだろう。

「お前のお母さんに……？」

秋岡先生の表情が曇る。唇を引き結んで考えていた先生が、決意を込めて言った。

「わかった。これから先生も一緒にお前の家に行こう。お前がお母さんを心配し、これほどに悩んでいることを、俺から話してやる」

「ええっ！　ちょ、ちょっと待ってください、先生！　母は秘密にしたいみたいなんで！」

圭介は大あわてだ。秋岡先生の熱血度合いを見くびっていた。もう、どうすることもできないまま、圭介は秋岡先生と一緒に家へ向かうことになった。


「ただいまー」

圭介が玄関を開けて小声で言うと、廊下の向こうから母がのんびりと歩いてきた。

「おかえり、遅かったわねー、圭介。お夕飯、もうできてるわよー。あら……？」

圭介の横に立つ、白いジャージ姿の教師をおどろいて見る。

「秋岡先生。圭介が何か？」

秋岡先生はズイッと前に出て、圭介の母に切り出した。

「お母さん。圭介くんの悩みをご存じですか?」

「え、え、ええ? 何でしょう」

突然家に来た教師に真顔で尋ねられ、圭介の母がうろたえた。

「圭介くんは……お母さん、あなたのことで深く傷つき、悩んでいるんです。友だちにすら、心の内を見せることができないほどに。原因は、あなたが持っている秘密です」

秋岡先生は、圭介の気の毒な境遇を想像したらしく、なみだを浮かべ、唇を震わせた。

圭介はこの場をどうしたらいいものか途方に暮れ、玄関でうつむいていた。母は相当動揺しているらしく、「私の秘密? ああ、どうしましょう」とか、「先生に来ていただくほど悩んでいたなんて」と真っ青になってつぶやいている。

先生は母を諭すように言った。

「お母さん。正直に告白してください。圭介くんはもう十四歳。きちんと話せばわかる年ごろです。親の隠しごとに、子どもが気づかないと思いますか?」

玄関先に、重苦しい沈黙が下りる。すると、母が突然ワッと泣き出した。

「ああ、ごめんなさい、圭介。あなたが気づいていたなんて……」

母はなみだを流しながら玄関先に崩れ落ちる。

「もっと早くに言うべきだったわ……。圭介、あなたはお父さんの子じゃないの」

「は？」

圭介はポカンと口を開け、泣き濡れる母を見た。

その時、玄関のドアが開き、圭介の父親が帰ってきた。公務員である父は、毎日きっかり五時半に帰宅するのだ。

父は泣き崩れる妻と、担任教師とともに立っている息子を見て顔色を変えた。

「ど、どうしたんだ！　何があった？」

秋岡先生が、辛そうに唇を震わせ、父に言った。

「お父さん。言いにくいことですが、ご家庭の秘密に圭介くんが気づいてしまい……」

「け、圭介」

父が動揺して圭介を見た。

「お前、もしかして、父さんがとっくに役所をクビになっていたこと、知っていたのか」

父はかけていたメガネをはずし、込み上げたなみだを隠すように目頭を押さえた。

「すまん。圭介。不甲斐ない父さんを許してくれ」

予想もしなかった展開に、圭介は呆然としてつぶやいた。

「何これ。マジかよ？」

家の中には、おいしそうな夕飯のにおいが漂っている。

「今日は焼き魚か。心づくしの夕飯だな……」

秋岡先生が目を閉じ、大きく息を吸い込んで言った。

「うむ。これで、一歩前進した。本音をぶつけ合い、おたがいを理解し合う。……いい家族だ。きっと、みんなで乗り越えていける。な？　横沢」

無言の圭介の肩を、ポンと叩く秋岡先生。

熱血教師は笑顔で白い歯を見せると、「じゃあな！　明日、学校で！」と言って手を振り、爽やかに玄関から立ち去っていった。

傘がない

雨の日は嫌いじゃない。

確かに制服は濡れちゃうし、傘を差して学校に行かなきゃいけないけど、わたしは雨の日の湿った空気と、ちょっと薄暗い景色で落ち着いた気分になるのが好きだ。

「エリカ、おはよ」

「おはよ」

同じクラスのサヤカが昇降口で声をかけてくる。彼女はライバルだとわたしは思っている。なぜなら、いつも八時五分に昇降口に現れるから。

「あ、谷口。おはよ」

サヤカが声をかけたのは、男子バスケ部の副キャプテン、谷口くんだ。彼がいつも八時五分に登校することを知っているから、サヤカはこの時間に合わせてやってくる。

わたしもそうだけど。

「おはよ、谷口くん」

わたしも声をかけると「ああ」と谷口くんは、わたしとサヤカに面倒くさそうに返す。

谷口くんは2年D組。わたしたちC組と下駄箱が向かい合っている。ドアの脇にある傘立てはC組とD組が並んでいるから、わたしとサヤカ、谷口くんは、ほぼ同時にそれぞれの傘を入れた。谷口くんの傘は黒くて大きめ、わたしは今日、折りたたみ傘だった。それをたたまずにC組の傘立てに入れた。

「ねえ谷口、今日の部活どうするの。外練習だけど、雨だし」

サヤカも女子バスケ部の副キャプテンなので、谷口くんとは距離感が近い。

「今日は委員会あるんだ、なあ吉村」

「う、うん」

谷口くんは図書委員の委員長でもある。わたしは副委員長だ。

部活が一緒という部分ではサヤカにリードされているけれど、委員会ではわたしと谷口くんとの距離感は近い。けれど部活は、ほぼ毎日だから、ちょっと不利かも。


放課後。

「おせーよ。吉村」

「ごめん、ちょっと用事があって」

図書委員会の開始に遅れたわたしは、谷口くんに謝ってから席に着いた。

今日は決めなければならないことが多いうえに、委員会活動の発表の準備もしなければいけないから、遅くまでかかりそうだった。

案の定、ほかの委員会のみんなは活動が終わって帰っていくのに、わたしたち図書委員会だけは下校最終時間ギリギリまでかかってしまったのだ。

「あと片づけは、わたしと谷口くんがやっておくから、みんな先に帰っていいよ」

「えーっ、オレもかよ」

「谷口くん、委員長でしょ。一緒にやってあげるからいいじゃない」

「はいはい、わかったよ」

不服そうに片づけを始める谷口くんを見ながら、わたしも図書室の掃除をする。

「谷口、吉村、じゃあお先にな」

「うん、バイバイ」

先に帰って行く人たちに手を振って見送ると、広い空間に、わたしと谷口くんだけが残された。ちょっと、いや、かなりドキドキしてるけど気づかれてないかな。

「よし、これで片づけオッケーだろ。帰ろうぜ」

「うん」

図書室を閉めて、わたしと谷口くんは昇降口に向かっていった。外はもう薄暗い。ドアの向こう、雨はまだザアザアと音を立てて降っていた。

運動靴に履き替えたわたしは声をあげてしまった。

「あ、あれ」

「どうした」

うしろから谷口くんの声がして、わたしは振り返った。

「わたしの傘が……なくなってる」

並んでいるC組とD組の傘立てには、大きな黒い傘――谷口くんのものしかなかった。

「だれかがまちがえて、吉村の傘を持っていったんじゃないか」

「だったら、その人の傘がここにあるはずでしょ」

「あ、そうか。そうだよな」

「わたし、だれかに嫌われてるのかな。それで傘、持っていかれちゃったとか」

「そんなことねえだろ」

谷口くんの語気が強くなる。

「お前が嫌われてるなんて話、オレは聞いたことないぞ」

「そう……でも、困ったな。傘がないと、この雨じゃ」

ザアザア、と雨の音が響く。

うん、と谷口くんは何かを決意したような顔で、わたしを見た。

「吉村、お前んちどこだよ」

「一丁目だけど」

「そっか、オレんちはもっと向こうだから、お前んちまで入れてってやるよ」

「え、悪いよ。それにほかの人に見られたらはずかしいし……」

「そんなこと言ってる場合じゃねえだろ」

「……ありがと」

わたしは、谷口くんの傘に入って一緒に昇降口を出た。大きな傘だったけど、寄り添わないと濡れてしまうから、体をくっつけるようにして歩いた。

――本当はね。

わたしの折りたたみ傘は、カバンの中にある。委員会が始まる前、昇降口に行って折りたたんで入れておいた。こうすれば谷口くんの傘に入れてもらえると思ったから。

うん、雨の日は嫌いじゃない。

そっくりロボット

「このオムライス、食べたくない。なんだか食欲がないんだもん」

ハルナはそう言い、不機嫌な顔でテーブルの上のお皿を押しやった。

「父さんが作った食事はお気に召さないかな？」

同じテーブルで夕食をとっていた父が、ハルナを心配そうに見る。

男手ひとつでハルナを育ててくれた父。ハルナをいつも気遣ってくれていることも、よくわかっている。

「父さんの料理の腕前のせいじゃないよ。あの子と一緒にごはんを食べるのがイヤなの」

ハルナは、自分の目の前にいる少女に目をやり、口をへの字に曲げた。目の前の少女は、ハルナに瓜ふたつだった。おかっぱの黒髪、柔らかそうな白い肌、大きな目と赤い唇。

ちがっているところはひとつだけ。この少女は人間ではない。父が作ったロボットなのだ。

ハルナの父は天才ロボット工学者で、政府が極秘に取り仕切るプロジェクトのもと、日々人型ロボットの改良に取り組んでいる。未来の話ではない。実は、現代社会において、ロボット製作技術はおどろくほど進歩している。

世間に公表されているロボットは、あえて機械であることを強調するようにデザインされていた。強化プラスティック製のユニークなロボットが自在に動き、話せば、人はそれを楽しむだろう。鋼鉄の伸縮アームが目にも留まらぬ速さで工場の作業をこなしても、人は技術の進歩に感心するだけだ。

だが、骨格をエックス線で映し出さなければ機械だと特定できない人型ロボットを、人間は受け入れることができるだろうか。ほとんど人間と見分けがつかないほど精巧なロボットが、すでに存在していることを知ったとしたら――。

人間がロボットの存在に反感や嫌悪感を持つことは、容易に想像できた。それどころか、恐怖でパニックを起こしかねない。ロボット工学の驚異的な進歩が、極秘事項になっているのはそのためだ。

「いくらあたしがモデルでも、こんなにそっくりだと気味が悪いよ」

ハルナは自分をじっと見つめている少女を見て、ブルッと身を震わせた。

「名前もハルだなんて。あたしと一文字しか変わらないし」

「本当にすまないが、そうするほうが安全だからだよ。たとえだれかにロボットを見られても、私の娘に見えるだろう？　うっかり呼びかけてしまってもごまかしがきくように、この名前をつけたんだ」

父は申しわけなさそうに、だが頑として言った。

「父さんはロボット工学者だ。人間以上のロボットを作ることが人生をかけた夢なんだ。わかって欲しい」

「でも、イヤなものはイヤなの！」

ハルナは少女をきつくにらんで言った。

「ね、わかってる？　あなたはロボットなの。ロ・ボ・ッ・ト。人間じゃないんだよ！」

少女は困ったような表情を浮かべ、ハルナの父を見た。その様子があまりに人間臭く、ハルナはますますこのロボットを気味悪く思う。

「この子、父さんのことを自分の本当の父親だと思ってるみたいだよね」

嫌悪感をあらわにして、ハルナは言った。父が、ハルナをたしなめる。

「ハルナ、そんな言い方をしちゃだめだ。相手には、心があるんだよ」

「ロボットに、心？」

「そうだ。父さんの研究は、ついにそこまで到達したんだ。成功はもう、目の前にある。今まで、絶対に人間に逆らわない思考回路を組み込んでいたが、もっと自由な感情を持つロボットを……」

「イヤ！　もう、耐えられない！　すぐにこのロボットを壊してよ！」

ハルナは泣いて暴れ出した。テーブルの上の皿を床に投げつけ、父がいくらなだめても聞く耳を持たない。すると、それまで黙って様子を見ていたハルがため息をついて立ち上がり、ハルナの父に言った。

「父さん。明らかに失敗だよ。この子、自分のほうが人間だって思い込んじゃってる」

そう言うと、ハルはテーブルの上に置いてあったリモコンを取り上げ、ハルナに向けてピッと押した。突然動かなくなったハルナが、ガタンと音を立てて椅子に座り込む。

父が肩を落として言った。

「ああ。……残念だが、お前の言う通りだ、ハル。七号も失敗か……」

ハルは落ち込んでいる父を気の毒そうに見ると、自分そっくりに作られたロボットHAL＝7、通称『ハルナ』を見て言った。

「次のロボットは男の子型にしてみたら？　いい結果が出るかもよ？」

ハルの言葉に父は目をかがやかせてうなずき、すぐにHAL＝7を抱えて立ち上がった。

「いい意見だ。さっそく研究にとりかかろう。次はHAL＝8『ハルヤ』だな！」

ゴン太とおじいさん

「全速力で行くからね」

妹のアヤは幼稚園の年長さん。昨日初めて補助輪なしで自転車に乗れた彼女は、朝六時からハイテンションだ。中一の私とは七つ離れていて、今日から一時間早く起きて、近所の大きな公園で自転車の練習をすることになった。

「ちょ、ちょっと待ってよ」

私は体育が苦手だから、部活も文化系だ。どたどたと音が出そうな走りでアヤを追いかける。そんな私たちの横を、犬の散歩中のおばさんや、ジョギングするおじさんたちがすれちがっていく。みんな気持ちよさそうだった。

「お散歩してるワンちゃん、多いね」

動物が好きなアヤは、すれちがう犬たちをニコニコして見ている。うちはペット禁止のマンションなので、犬や猫を飼っている友だちがうらやましい、ってよく言っている。

しばらく走ると、公園の池の前で、前を走るアヤの自転車が止まった。

左にカーブを描く道の先に、ゴールデンレトリーバーがいる。金色のふさふさ。やってきた大きな犬は朝日にかがやいて見えた。

アヤが止まっていたところまで近づくと、その先の道が昨日の雨でぬかるみ、道幅がせまくなっていた。このまま進むとゴールデンレトリーバーとすれちがう時にぶつかってしまうので、道をゆずろうと考えたのだろう。

犬が近づいてくると、それまで意識していなかった飼い主のおじいさんの存在に気がついた。白髪のオールバック、しわしわの顔、グレーのポロシャツと長ズボン。

身長はうちのお父さんと同じくらい。体は細く、ピンと背筋を伸ばした姿は厳しそうな性格を表しているみたいで、近寄りがたい雰囲気だ。七十歳くらいかな。

犬とおじいさんが近づいてくる。犬は赤いバンダナを首に巻いていて、立ち止まった私たちを見ていた。

でも、おじいさんは、私たちを無視して通り過ぎていった。犬はアヤを見上げ、すれちがったあとも振り返っていたのに、飼い主のおじいさんは道をゆずった私たちにお礼はおろか、なんの反応も示さずに行ってしまったのだ。失礼な人だなと思った。

その後、ゴールデンレトリーバーとおじいさんには毎朝会う。けれど、おじいさんは初めて会った時からまったく同じで、表情を変えず、ずっと前を見たまま歩いていた。

この人は、意識して私たちを無視しているにちがいないと思った。奥さんと思われるおばあさんが一緒に歩いていることもたまにあった。

そんな朝の日課をくり返しているうちに、自転車が上手になったアヤは余裕ができたのだろう、ある日、

「ワンちゃん、おはよう」

と、ハンドルから右手を離し、おじいさんの犬にその手を振ったのだ。

おじいさんはアヤのあいさつを聞いていなかったかのように、いつも通りの無表情。

ところがいつもとちがうことに興奮して、犬がアヤに向かって飛びつこうとしたのだ。

「あっ！」

おどろいたアヤはバランスを崩し、自転車ごと倒れてしまった。

何が起こったかわからない顔をしていたアヤは急に怖くなったのだろう。声は出さなかったけれど、なみだと鼻水が流れ出す。犬は、「クーン、クーン」と鼻を高く鳴らしてアヤに近づき、手をなめ始めた。自分の失敗を謝っているようだった。

「優しいのね、ありがとう」

アヤは犬に顔を近づけて笑った。一気に距離が近づいてうれしかったようだ。

犬のことを知りたくなったのだろう。毛をなでながらおじいさんを見上げて言った。

「お名前は、なんていうの？」

アヤの視線に気づいたおじいさんは、この時初めて表情が動いた。

目を細めて口の端っこを引きつらせる。一瞬だけ、ぎこちなく笑ったのだ。

「……ゴン太」

初めて聞いた声は、しわがれていて、低くて、おなかから出たような落ち着きのある声だった。それにしてもさっきの笑顔。おじいさんにこんな表情もあったんだ。

「ゴン太、あなたゴン太っていうのね。ゴン太、ゴン太」

無邪気に呼びかけるアヤに、ゴン太はとまどったような顔で飼い主を見上げた。

おじいさんも、何と言っていいかわからないようで、しぶい顔をしている。怒られないと思ったのか、ゴン太はアヤが呼びかけると尻尾を振り、じゃれついてきた。

ゴン太かぁ、いかにもおじいさんがつけそうな古風な名前だな。

「ゴン太、ゴン太、かわいいね」

アヤの呼びかけに応えてじゃれつくゴン太だったが、おじいさんがリードをぐっと引き寄せると、散歩中であることを思い出して歩き出した。

「バイバイ、ゴン太、またね」

呼びかけるアヤの声に、ゴン太は何度も振り返りながら去っていった。

その後も、毎朝同じ時間、同じ場所でゴン太とおじいさんに会ったけれど、アヤの呼びかけにゴン太は尻尾で応え、おじいさんは相変わらずの無表情で通り過ぎていく。

ところが、ある時から彼らにまったく会わなくなってしまった。

しばらくたって、いつものように池をまわっていると、ひとりさびしげにベンチに座っている人がいた。たまにゴン太とおじいさんと一緒にいた、おばあさんだった。

キッとブレーキ音をたてて、アヤが自転車を止めた。

「おばあちゃん、ゴン太の家のおばあちゃんよねっ」

アヤの必死な訴えに、おばあさんは目を丸くしている。いきなり飼い犬の名前を出され、おどろいている感じだった。

「毎朝、私、この公園でゴン太と会ってたのっ。でもゴン太、来なくなっちゃったよね。どうしてなのっ？」

ああ、とおばあさんは呼ばれた意味を理解したようで、表情をゆるめた。

「ゴン太はね。お散歩中に、車にひかれて死んでしまったの」

「そう、なんだ」

アヤの声が小さくなる。うしろから見ていた私は表情を見ることができなかったが、ゆっくりと下がっていく両肩だけで、その気持ちがわかった。

散歩の時、ということは、おじいさんの目の前でゴン太は車道に飛び出し、ひかれてしまったのだろう。おじいさんはショックで散歩もできなくなったのかもしれない。

ところが数日後。学校から帰ってきた私に、飛びつくようにアヤが訴えたのだ。

「私見たのっ、ゴン太とおじいちゃんが、お散歩してたのっ」

「でも、ゴン太は車にひかれて」

「お姉ちゃんも信じてくれないの？　私、見たんだからっ。あれは絶対にゴン太だもん。赤いバンダナをしてたし、おじいちゃんだっていたもん」

夕方、お母さんと自転車に乗っていた時に見たという。

アヤの主張は必死そのもので、ウソを言っているとは思えなかったけど。

「おじいちゃんちに新しいワンちゃんが来たんじゃないかな」

愛犬を失った悲しみから、おじいさんはようやく立ち直ったのだろう。

「ちがうもん。私がゴン太って呼んだら、ゴン太、尻尾を振って喜んでたもん。ゴン太、私だって、わかってくれたもん」

うーん、とうなってしまう。ひょっとするとおじいさんは、私たちを嫌って散歩コースと時間を変え、その話を聞いていたおばあさんは言いわけを用意していたとか。だとしたらゴン太が生きていることも納得できそうだ。でも、そこまでするかな。

「ねえアヤ。だったら明日は土曜日だから、今日と同じ時間に、ゴン太とおじいちゃんに会った場所に行ってみよう。また会えるかもしれないから」


翌日の夕方。

「お姉ちゃんっ、あそこっ」

アヤの小さな指が示す先に、逆光でくっきり浮かび上がった細い人と、尻尾を高く上げた大型犬の姿がある。

「ゴン太よっ。おじいちゃんもいる。急いでっ」

ふたつの影が次第に大きくなる。うん、確かにあれは公園で見た姿だ。

「ゴン太ぁ！」と叫ぶアヤの声に、その人は振り返る。

「父の、お知り合いですか」

うしろ姿も、顔も、おじいさんにそっくりだったけど、その人は、うちのお父さんと同い年くらいのおじさんだった。アヤがおじいさんと見まちがえても不思議ではない。

「昨日もここで、ゴン太〜、と私の父の名前が呼ばれたので、あれっ、と思ったのですが、父は先日、交通事故で亡くなりまして」

アヤが「ゴン太と呼んでいた犬」は、本名は「マックス」という七歳のオス犬だった。

再会がうれしくて、アヤにじゃれついている。

私がこれまでのことを話すと、そうでしたか、と息子さんはうなずいている。

「どうしておじいさんは、自分の名前とまちがえていると言わなかったのでしょうか」

息子さんは、うーんと夕日に目を細めて考えたあと「たぶんですが」と答える。

「父はかなり頑固で、プライドも高かったので、まちがいを指摘されても曲げなかったんです。最近は認知症が進んでいて、母も私も苦労していました」

それでアヤの突然の問いかけに自分の名前を答えてしまい、そのままだったんだ。

「あと、これもおそらくですが」

と、じゃれあうマックスとアヤを見ている。

「私には姉がいたんですが、私が生まれる前に交通事故で亡くなったんです。妹さんくらいのときに、父と自転車で散歩をしている最中に車にはねられて。なので父は、小さな女の子が自転車に乗っている姿を見るのが辛かったようです。でも、散歩のたびに自分の名前を呼ばれて、本当はうれしかったんじゃないかと」

「そうだったんですか」

おじいさんの名前は正岡権太だそうだ。

あの日一瞬だけ見せた笑顔を、私は思い出していた。

忍びかぶれの旗印

オレ、篠田孝弘は「忍び一族の末裔」である。

中学二年ということもあって、不本意ながら、クラスメイトからは「中二んじゃオタク」と呼ばれている。

オレは、日々忍びに関する調査研究に励んでいて、古文書に親しみ、地形や気象を読み、身体もきたえている。だから、国語、社会、理科、体育など総じて成績はいい。実利を伴っているので、ほかのフワフワとしたファンタジー系のオタクと一緒にされるのは不愉快だが、クラスの連中は皆バカだからそのちがいがわからない。

放課後、教室を出ようとしたら、サッカー部の連中に呼び止められた。

「練習だりぃわ。中二んじゃオタクさんよ、妖術で今から豪雨にしてくんない？」

「忍びの本分は、諜報活動や情報操作だ。妖術なんて……、ガキじゃあるまいし」

「は？」

「妖術なんて。サッカー部は子ども向けの忍者が好きなのか。お子さまめ」

「なんだと！」

とたんに数人に取り押さえられ、オレの制服のポケットに入っていた、ゴム製の手裏剣が取り上げられる。

「おもちゃの手裏剣を持って学校に来るやつに、ガキなんて言われたくないんですけど」

高々と掲げられた手裏剣を見て、教室に残っていたほかの生徒も笑い出した。

本来ならこの程度のやつらに押さえ込まれるオレではないが、教室で本気を出すわけにはいかない。手裏剣を取り上げられたのも痛い。あれは、昨日深夜までかかってゴムシートを削って作った自信作なのだ。置いて帰るわけにはいかない。

「やめなさいよ」

クラス委員で、クラス一の美少女、立花真紀が近づいてくる。

「なんだよ、このバカかばうのかよ」

おれの右腕を押さえているやつが真紀に言う。

「篠田くん、バカじゃないわよ。ウェブサイトだってすごいんだから。ね？」

おお、真紀がオレのウェブサイト『秘法忍術　NIN』を見たのか。そのうえ、それを真紀が評価している！

「ちっ。見んなよ」

オレのツンデレアピールが真紀に届くことを期待したが、だれも聞いていなかった。

真紀はサッカー部の連中に「私、ウェブデザイナーになりたいの」などと話しかけている。まず、オレに言えよ、真紀。

真紀とサッカー部の連中の話が弾んで、オレを押さえている力がゆるんだ。

その瞬間にやつらの腕を振りほどき、手裏剣を奪い返すと、オレは廊下に飛び出した。

（ここで逃げ出すなんて、恥の極致！）

しかし、何度も言うようだが、教室で本気を出すわけにはいかないので、そのまま走って家まで帰ることにした。

正門を通り過ぎて七分、速度を落とさず走り続けた。

家の門をくぐり、庭に入ると小学四年の従妹、千奈美がブロック塀を飛び越える練習をしていた。

うちの庭には、五十センチから二メートルまで、四段階の高さのブロックが積んである。

「孝兄、お帰りなさい。ねえ二メートル飛んで」

千奈美はオレを見つけると、いつも二メートルを飛べという。断ってしつこくされるのも面倒なので、二メートルのブロック塀に手を使わず飛び乗ってやった。

「孝兄、すごい！」

「すごかねぇよ。もうこんなの、飛ばなくていいんだよ」

「どうして？」

「監視カメラがあるだろ、今の時代。壁なんて登ったらすぐ捕まるの。オレが小さい時は、死んだ祖父ちゃんがやれって言うから、しかたなくやってたけど……」

そう、うちは妄想でも遊びでもなく、正真正銘、忍びの一族だ。遠方の仲間とやりとりするための中継地点として、この地に赴任して二百年近く、今でも郵便、電話を使わない独自の情報伝達網を維持している。

近隣に十世帯近くの親せきや仲間が住んでいるが、表向きは交流がなく、仕事もバラバラだ。ただ、いつの時代も仲間内でひとりだけ、《忍びかぶれの旗印》として行動することになっている。

大っぴらに「忍び好き」を称し、古武術を習ったり、手裏剣や苦無など暗器を収集したりする。その活動の中で仲間にだけわかる合言葉をまぎれ込ませ、わが一族の存在を知らせるのだ。

「そうかぁ。ねえ孝兄、暗器の新作はある?」

オレは、昨夜作った手裏剣をポケットから出して千奈美に見せた。

オレが作っているのは本物の手裏剣のレプリカだ。資料として保管するためのもので、断じておもちゃではない。

「ほんと手先も器用だね。さすが、《忍びかぶれの旗印》！」

このように、今オレは《忍びかぶれの旗印》として活動している。ウェブサイトもそのひとつだ。見る人が見れば、この地域に本物の忍びがいることがわかる。学校で忍者オタクをよそおっているのも、ウェブサイトを作る手前の、つじつま合わせなのだ。

できればこの真実を真紀に伝えたい。オレがただのオタクではなく本物の忍びだとわかれば、見直してくれるにちがいない。けれどそれは、厳しい掟があって不可能だ。

「いいなぁ孝兄。私も、学校で自分は忍者だ！　って言いたい」

「よかねえよ。バカにされるだけで、何もいいことないぞ」

「えー、人気者になれそうなのに。あ、私もウェブサイトの勉強始めたよ。お父さんに教えてもらって、訪問者数のカウンター作ったの」

「へえ、大したもんだ」

そうか、その手があったな。オレはさっそく、父親の書斎に向かった。

「父上、私の《忍びかぶれの旗印》の役目、千奈美にゆずってはどうでしょう。千奈美は熱心に修行に励んでいるようですし、私も来年は中学三年、受験生になります。しばらくは学業に専念したいと思いまして……」

「うむ。お前、このままでは英語が危ないな」

その後、トントンと話は進み、《忍びかぶれの旗印》の役目は、千奈美に移ることになった。千奈美一家と親せきというのは周囲には秘密なので、今後、外で「くノ一オタク」として張り切る千奈美の姿を見ても、おたがい知らんぷりをすることになるだろう。

これでオレは晴れて「中二んじゃオタク」の汚名を返上できるのだ。

そして、インターネットという共通の趣味を通じて、真紀と親しくなって、親しくなって……、親しくなるのも時間の問題だ。

オレは『秘法忍術 N－N』のサイトを千奈美一家にゆずり、新しく『中学生男子のリアルファッションチェック TAKA』サイトを立ち上げた。これからはファッションリーダーとして女子にモテることにする。

「篠田くん、ウェブサイト変えたの？」

ちょうど二週間ほどたったころ、真紀が話しかけてきた。

待ってました！

仲間の注目が千奈美に移り、わが家に立ち寄る親せきも減ってきて、オレは役目をゆずったことを少し後悔し始めていた。

真紀と仲よくなって、青春を謳歌しなくては、このさびしさは埋まらない。

「まいったな。見ちゃった？　オレ、忍者を卒業したんだよね」

「前のほうがよかったのに」

「えっ？」

「忍者の篠田くんって、結構人気あったんだよ」

「うそっ！」

「サッカー部の子たちが篠田くんにからんだのだって、篠田くんが体育のサッカー中に、彼らからボールを奪ってゴールしたからでしょ。さっきはダメだったけどね」

「あ……」

今日のサッカーは、足がもつれて何もないところで転んでしまった。

千奈美に役目をゆずって以降、つい気が抜けて、本来続けなければならない体の鍛錬もサボり気味になっていた。だんだん体が重くなっている気がする。

しかし、体のことはまあいい、あとで考えよう。真紀と親しくなるほうが重要課題だ。

オレは親指を立てて自分に向ける。

「それより、ウェブに興味あんだろ？　なんでも聞いてよ。よかったら今日、うち来……」

「遠慮しとく。〝中学生男子のリアルファッションチェック〟はないわー」

「ないの!?」

「中身もダサいし。ブランド名ってスポーツメーカーしか知らないの？」

その後、オレは「ファッションチェッカー抜け忍くん」というあだ名をちょうだいし、オタクの名をほしいままにした。

一冊の本

二十二歳の春、わたしはとうとう家を出た。

まだ物心もつかないころ、父が病気で亡くなった。それからは、母が女手ひとつでわたしを育ててくれた。

もちろん、母には深く感謝している。でも、わたしだってもう大人だ。自分の人生に、いつまでも口を出されるのはいやだ。

理系の大学に進学する時も、母は猛反対した。本当は他県にあるレベルの高い大学へ行きたかったが、実家から通えるところを選んで、なんとか許してもらった。

だから、大学卒業を間近に控えて、大学院へ進学したいと言った時も、母は聞く耳を持たなかった。

母は大学へは進学せず、二十歳の時にはもう父と結婚していた。そのせいか、わたしのもっと勉強をしたいという気持ちに、理解を示そうとしなかった。

「女の子は早くに結婚して、若いうちに子どもを産むのが一番いいのよ」

「わたしは大学院へ進学して、これまで学んできた分野の研究にもっと取り組みたいの。勉強が嫌いなお母さんとはちがうのよ！」

話し合いは、いつまでたっても平行線のままだった。

わたしは母に黙って、遠方にある大学院へ進学するための試験を受け、合格通知を受け取ると、すぐにひとりで住む部屋を探した。母のもとを離れ、思う存分、研究に取り組みたかった。

出発の朝も、母と口論になった。売り言葉に買い言葉で、つい、

「もう二度と帰らないから！」

と言ってしまった。

新幹線に乗ってから少し反省したものの、しばらく母と距離を置くのも、おたがいに

とっていいことかもしれないと思った。相変わらず口は達者だが、少しやつれて、老けたように見えた母の姿が、目に焼きついていた。

知り合いのいない街で、わたしはひとり暮らしを始めた。

荷ほどきをしようとダンボール箱を開けた時、記憶にない地味な本を見つけた。

「あれ？　こんな本、持ってたっけ？」

タイトルも作者名も書いていない。

気になってページをめくると、どうやらそれはひとり暮らしを始めたばかりの女性を主人公とした物語だった。ちょっとだけ、と思って読み始めると、たちまち引き込まれてしまった。

主人公が知らない街にやってきて、右も左もわからずにとまどう場面。新生活に必要なものをそろえようとするが、何から買っていいのかわからずに頭を悩ませる場面。

「何これ、まるでわたしのことが書いてあるみたい」

置かれた状況だけでなく、この主人公の考え方にはとても共感できるものがあった。

同じような立場の友だちができたような気がして、わたしはこの本を夢中になって読み進めた。

この本の主人公の行動や考えを参考にして、なんとか生活の場を整えることができたころに新学期が始まり、わたしは大学院へ通い始めた。そのうち、新しい友だちや知り合いも増えたが、わたしはいつもこの本を持ち歩いていた。この街で暮らすためのお守りみたいに感じていたのだ。

やがて、クリスマスが近づき、街が華やかにいろどられ始めたころ、母の姉である伯母から電話があった。

「あなたのお母さん、倒れたのよ! 命の危険があるって。早く帰ってきて」

スマートフォンを持つ手が震えた。何を言われているのか、しばらく理解できなかった。

わたしの到着を待たずに、母は亡くなってしまった。

わたしが引っ越す前から、重い病気にかかっていたこと、それが最近悪化していたことを、だれにも教えていなかったのだという。伯母も、つい最近知らされたらしい。

「あなたに病気のことを話さなかったのは、同情でここに残ってもらうのが嫌だったからでしょうね」

と、赤い目をした伯母は言った。病気のことを知っていたら、多分、ここに残ったと思う。何度もけんかしていたけど、母のことが憎かったわけではない。ずっと、母ひとり、子ひとりで頑張ってきたのだ。いつかはまた、ふたりで暮らす日がくるかもしれないなんて、なんとなく思っていたのに……。お母さん、自分のことばかりで、何も気づいてあげられなくてごめんなさい！

泣きじゃくるわたしの横で、伯母がわたしのカバンのポケットからはみ出していた、あの本を見つけた。

「あら、この本、なつかしいわね。あなたのお母さんが書いた本」

「えっ？　お母さんが？」

わたしは耳を疑った。わたしが勉強すればするほど機嫌が悪くなるような母に、そんな才能があったとは……。

伯母によると、母は実は大学に進学していたらしい。しかも、大学が主催した賞にこの物語を応募して、最優秀賞に選ばれたのだ。その時、大学が副賞として書籍化してくれたそうだ。ところが、母は直後に大学をやめなくてはならなくなった。

母は、大学で出会った父との間にわたしをさずかったのだ。それで、本当は大好きだった勉強をあきらめ、わたしを育てることに決めたのだという。

理系だった父はいつも研究に打ち込んでいて、無理をしたせいで体をこわし、早くに亡くなってしまった。そんな父の姿を見ていたから、母は、同じ道を歩もうとするわたしに反対し続けていたのだ。早く結婚することを望んだのも、自分が死んだあと、わたしがひとりになるのを心配したからかもしれない。

この本をわたしの引っ越しの荷物に忍ばせながら、母はどんな気持ちでいたのだろう。

母と離れていたはずなのに、結局わたしはずっと母に助けられていたのだ。

わたしは本を抱きしめながら、何度も何度も「ありがとう」とつぶやいた。

お年玉

「健太、おばあちゃんに会ったら、ちゃんとあいさつするのよ」

「うるさいなあ、わかってるよ」

僕は口をとがらせる。

今日は新年、一月一日。

毎年恒例の行事なんだけど、僕の家は初詣のあと、そのまま電車に乗ってお父さんのお母さん、つまり僕のおばあちゃんが住んでいる家に行くことになっている。

お父さんにはお兄さんがいて、僕には伯父さんにあたる人が、おばあちゃんと一緒に住んでいる。だからこうして、正月には僕の家族（お父さん、お母さん、姉ちゃん、僕）と、伯父さんの家族が大集合するわけだ。

親せきがそろって、大勢でおせち料理を食べるのは、とても楽しいけれど、「礼儀正しくしなさい」と、お母さんがうるさく言ってくるから困る。

「健太がちゃんとしていないと、おばあちゃんに、お父さんや私の教育が悪いって思われちゃうの。だからアンタには口うるさく言ってるのよ」

「はいはい、わかりました」

正月早々、お母さんはガミガミ星人だ。

「それと、お年玉。おばあちゃんや伯父さんにいただいたら、ちゃんとお礼を言って、あとでいくらいただいたか教えなさいよ」

「僕がもらったお金じゃん。なんでお母さんに教えなきゃいけないんだよ」

「こっちだって、量夫くん、朋音ちゃんにあげるんだから、金額が釣り合わないと格好悪いじゃない。だからこっそりでいいから」

ふーん、そんなもんですか。大人って大変ですね——と、僕はその時、去年のお正月のことを思い出していた。

例年通り、ふたつの家族が勢ぞろいしてにぎやかなお正月だった。おばあちゃん、伯父さんへのあいさつを済ませると、用意されたおせち料理をみんなで食べた。

そしてお待ちかね、お年玉の時間だ。

「はいはい、みんな並んで」

ゲーム大会をしていた孫たちが並ぶと、おばあちゃんは一番年上、高校生の量夫兄ちゃんからお年玉をくれる。次は中三の朋音姉ちゃん、中二の僕の姉ちゃん、そしてラストが小六の僕だった。

「ありがとうございます」

「おばあちゃん、ありがとう」

みんな明るくお礼を言うけれど、僕だけ「ありがと……」と小さな声だった。

「あら、健太くんはうれしくないの」

「だって、僕が一番少ないんだもん……」

「健太っ！」

家に帰ったあと、お母さんにこっぴどく叱られたんだっけ。

でも、おばあちゃんはニコニコと笑っていた。

「健太くん、ごめんね。でもこれはおばあちゃんが決めたルールなの。大きい子には大きいお年玉。健太くんはまだ小さいから。大きくなったら——ね」

今思えば、おばあちゃんに申しわけないことをしたな、って反省している。僕だって大きくなれば、お年玉の金額は上がるんだ。姉ちゃんたちの話では、小学生には二千円、中学生には五千円、高校生には一万円くれるんだって。


「いらっしゃい。あら健太くん、また大きくなったわね。中学生だもんね」

「はい。あけましておめでとうございます」

よし、ちゃんとあいさつもできた。

期待をしながら、おせち料理を食べる。

そして、毎年恒例のゲーム大会の最中におばあちゃんが、「はいはい、みんな並んで」

といつもの声がけ。

僕は期待する。なにしろ中学生になったのだから金額がアップするはずなのだ。

いつもの通り、年長の量夫兄ちゃんからお年玉が渡される。

「はい、健太くんにはスペシャル」と渡されたお年玉袋は……。

ぶ！　ぶ厚い！　すごくぶ厚い！

「健太だけ、ぶ厚くない？」

姉ちゃんにこっそり言われて、みんなのお年玉袋を見た。どれも薄い。姉ちゃんと同じ中学生なのだから厚さは同じはずなのに、姉ちゃんより多いのか？　やっぱり去年のことが影響して？　うれしい！　超ラッキー！　アピールしといてよかった！

「おばあちゃん、ありがとうございます！」

家に帰ってお年玉袋を開けると、千円札が五枚折りたたまれて入っていた。金額は姉ちゃんと同じ、中学生の五千円だった。

おばあちゃんは、「厚さ」だけはスペシャルにしたお年玉をくれたのだ。

夢の中

咲子は、幸せな気持ちで目覚めた。

どんな夢を見ていたんだっけ？　とっても楽しい夢だった気がする。咲子は、ぼんやりとかすんでいく記憶をたどった。

ああ、そうだ。また、あの人が現れたんだ。

咲子の夢の中に、最近よく現れるようになった人物がいる。

仕立てのよい背広を着ていて、かっぷくのよい、五十代後半くらいの紳士。

紳士は夢の中で、咲子のことを「おじょうさん」と呼ぶ。

あの人、いったいだれなのかしら？　芸能人でもないし、親せきでもない。どこかで会ったことがあるのかしら？　なぜ、しょっちゅうわたしの夢の中に現れるのかしら？

紳士はいつも、咲子の話をよく聞いてくれた。そして、とてもおだやかな口調で、自分の意見や感想を述べた。

話題は仕事に関するものが多かったが、時には友人関係の話、恋愛の話、政治や世界情勢の話にまでおよぶこともあった。咲子は紳士の言葉を聞いているうちに、自分の考えが浅はかだと感じることもあったし、自分はまちがっていない、と背中を押されることもあった。

咲子は今まで、自分の意見や悩みを人に打ち明けるのが苦手だった。しかし、その紳士になら、何でも話すことができた。もちろん、夢の中だからということもあるだろうが、もし現実に彼がいるなら、夢の中と同じように、何でも話すことができるような気がしていた。

とある土曜日の午後。咲子は友人の結婚パーティーに出席していた。

咲子は今年、二十七歳になる。去年あたりから、中学や高校の同級生の結婚式に招かれることが多くなった。

美しいウエディングドレスに身を包み、幸せそうにほほえむ友人の姿を見て、咲子はため息をついた。

咲子にも、恋人はいる。でも、結婚の話はまだ出ていなかった。彼が自分との結婚について考えたことがあるのかどうか、それすらも聞いたことがない。

いつかはするつもりだが、まだ早いと考えているならいいけど、自分とは結婚するつもりがないと言われたらどうしよう？

この話題には触れられないまま、いたずらに時間が過ぎていたのだった。

その日の夜。咲子はまた夢を見た。

霧のような、雲のような、白くもやもやしたものが立ちこめる中を歩いていくと、やがて急に視界がぱっと明るく広がるところに出る。

例の紳士は、いつもここにある岩のようなかたまりに腰かけて、咲子を待っていてくれた。

「やあ、おじょうさん」

「こんばんは」

咲子が今日、紳士に聞いてもらったのは、もちろん結婚についての悩みだった。

紳士はいつも通り、時折あいづちを打ちながら、咲子の話を聞いてくれた。咲子が話し終わると、おだやかな口調でこう言った。

「やはり、恋人に聞いてみるのが一番ではないでしょうか?」

「でも、彼がまだわたしとの結婚を考えていないとしたら、わたしのことをうとましく思うんじゃないでしょうか?」

咲子が不安そうに尋ねると、紳士は、

「彼のことが大切なんですね」

と言ってほほえんだ。

「もしかしたら、恋人にも何か、結婚を言い出しにくい事情があるのかもしれませんよ」

「たとえば、どんなことですか?」

「家族の体の調子が悪いとか……」

「そんな可能性を考えたら、ますます言い出しにくいわ」

「いやいや、それでも、あなたのお気持ちを知ることは、彼にとってはうれしいことだと思いますよ。あなたは今までも、あまり自分の考えを伝えてこなかったのでしょう？　今すぐに、実現できるかどうかは別として、あなたの正直な気持ちを知ることは、彼にとって喜ばしいことだと思います」

夢の中の紳士の言葉に、咲子は勇気をもらった気がした。

そして、次の日、ついに恋人へ結婚に対する自分の思いを打ち明けたのだった。

それを聞いた彼は、紳士が言ったようにとても喜んでいた。

「咲ちゃん、ありがとう！　そんなふうに言ってもらえて、うれしいよ。ぼくも咲ちゃんと結婚したいと思ってたんだ。でもね、今はちょっと……」

「どうして？」

「うん、そのうち話そうと思っていたんだけどね。ぼくの父がもう長い間入院していて、ずっと意識がないんだよ」

「そうだったの。ごめんなさい、そんな大変な時に……」

「いや、もう長いこと、ずっとこの状態が続いていて。だから、咲ちゃんには言うタイミングを逃していたんだ。よかったら、一緒にお見舞いに行ってくれる？　多分父の反応はないと思うけど、咲ちゃんのこと紹介したいから」

「もちろん行くわ」

休日、咲子は恋人とともに、彼の父のお見舞いに行った。ベッドの上にいたのは、人工呼吸器をつけられ、げっそりと痩せほそった男性だった。

「初めまして。早川咲子といいます」

と話しかけたけれど、特に反応はなかった。

その数日後、咲子は恋人からの電話で、彼の父親が亡くなったことを聞いた。

お通夜に出かけた咲子は、遺影を見た瞬間、その場に固まってしまった。

「ああ、これね。先日会った時とは別人みたいでしょ？　お父さん、今の病気で入院する前は、こんなふうにかっぷくがよかったんだ。元気なころの写真がいいねってみんなで話して。ちょっと若いんだけど」

なつかしそうに言う彼の横で、咲子はぽろぽろとなみだをこぼしていた。

遺影の人物こそが、まぎれもなく夢の中に出てきた紳士だったからである。

その夜、咲子は久しぶりに夢を見た。紳士は、いつもの場所に腰かけて、咲子を待っていてくれた。

「咲子さん、あの時、ごあいさつを返せなくてごめんなさい。息子をよろしくお願いしますね」

そう言っておだやかにほほえむと、紳士は消えてしまった。それからは、夢の中でも二度と紳士に会うことはなかった。

おうちに帰ろう

「見て珠美、クリスマスツリー。きれいね」

ママが立ち止まる。

駅前のロータリー、ふだんは街灯を支えるだけの鉄柱が、今は円錐状に電飾を巻かれ、ツリーのようになっている。

きれいだけれど、放っておいたらママはいつまでもツリーを見ていそうだったので、わたしはママの腕に手をかけて歩き出した。

「ねえ、ショッピングセンターの中を抜けていこうよ」

駅に直結している商業施設の出入り口へ向かう。

中学三年にもなると、男子はもちろん、女子の中にも母親と連れ立って出かけるのを嫌がる子がいるけれど、わたしは平気。まわりと比べても仲のいい親子だと思う。

ママと腕を組んだまま、ショッピングセンターの中を進む。書店の前を通りがかるとファッション雑誌が好きなママは、また立ち止まる。

「少し見てもいい？」

「いいよ」

ママと外出すると、なかなか目的地にたどり着かない。フワフワとその場の思いつきで行動する人なので、つき合うほうは大変だ。わたしが忍耐強く育ったのは、ママのせい（おかげ？）にちがいない。

そのまま書店の前で待っていようかと思ったら、書店内に見慣れたうしろ姿を見つけた。

秀明だ。

真剣な表情で参考書を見ている。

年明けすぐ、私立高校の受験があるからあせっているのだろうか？　それだけ期末テストの結果が悪かったということだろうか？

もう少し近づいて、どんな参考書を見ているのか確かめてみよう。

わたしは、そうっと秀明に近づいた。あと少し、というところで嫌な気配を感じる。

絵里奈だ。

わたしはとっさに、手前の本棚のかげに隠れてしまった。

どうしてここにふたりがいるのだろう。この書店の参考書コーナーが充実していると、先月ふたりを案内したのはわたしなのに。わたし抜きで来ているなんて信じられない。

「何見てんの？」

「英語……」

「英語なら、こっちのほうがいいかな」

絵里奈は別の本を開いて秀明に見せる。のぞき込む秀明。絵里奈の髪が秀明の手に触れる。

距離が近い。

離れて。離れろ。念じるけれどふたりは動かない。

前回、わたしは、書店のあとフードコートのクレープ屋へふたりを連れて行った。今日も行くのだろうか。ふたりだけで。

それ以上見ていられなくなったわたしは、雑誌コーナーにいるママの元へ急いだ。

「行こうママ。今日は、パパの浮気相手を見にいくんでしょう」

ショッピングセンターを抜けて、十分ほど歩くと、四階建ての茶色いマンションが見えてくる。その二階にパパの浮気相手が住んでいる。

ここを見に来るのは二回目だ。

「智樹さん、今日は来るのかしら」

「パパ、今は仕事も忙しいし、出張も多いみたいだから、来ないよ」

「そうかしら……」

わたしたちはゆっくり歩いて、マンションの裏手にまわる。ベランダが並んでいる。

しばらく見ていると、目当ての部屋から人が出てきて、洗濯物を取り込み始めた。

「あの女だわ。珠美も見て。絶対こちらに気づくから」

名前を知ったあともママは「あの女」としか呼ばない。

あの女がこちらを見た。わたしたちに気づいたようだ。干してある洗濯物は残したまま、あわてて部屋へ駆け込んでカーテンを閉めた。

そのあわてぶりを見てママが笑う。

「部屋に乗り込んでくるとでも思っているのかしらね」

「ママ、もう帰ろう」

こんなことしていても何にもならない。

ママは負けたのだ。もう何をしても、ママがパパとあの女の間に割って入ることはできない。

そう思った時、ふとさっき見た秀明と絵里奈のうしろ姿が頭に浮かんだ。

ちがうのに。関係ないのに。

ママの足は、自然と駅とは反対方向へ向かう。わたしは、黙ってついていく。

ママが向かっているのは、かつてパパとママとわたしと三人で暮らしていた家のあった場所だ。

「あ、家がなくなっている」

わたしたちの家があったところは、きれいな更地になっていた。

「ほんとね。おとといは、まだ家の基礎部分は残っていたのに」

「ママ、おとといもここへ来たの？」

ママは答えない。ただ更地になった土地を見ている。

あちこちに黒く焼けた石がある。

そう、ママが火をつけて、燃やしてしまった家の跡。

「もうおうちに帰ろう。寒くなってくるよ」

「寒さなんて感じないけどね」

「そういう気分なの」

わたしはママの手を取って、しっかりつないだ。
今度こそ、まっすぐ、わたしたちの新しい家、山の霊園に向かわなくては。
ママに、聞いてみたいことがある。
どうしてママはわたしも連れてきちゃったの?
ママとちがってわたしは、はっきり勝負がついたわけじゃなかったのに。
秀明の隣に立つのはわたしだったかもしれないのに。
告白すらできなかった。
でも、それを聞けないのはママの横顔があまりにもさびしそうだから。
わたしだけはずっとそばにいてあげるね、ママ。

宝探し

小学校が夏休みに入ってすぐ、彩夏の家族は宝探しを始めた。遊びでも冗談でもない。ひと月以内に宝を掘り当てることができなければ、住む家がなくなってしまうからだ。

「すまんなぁ。父さんが不甲斐ないばかりに」

土で汚れた手で額の汗を拭き、彩夏の父が申しわけなさそうに言った。スコップを握る父に背を向け、離れた場所で黙々と土を掘っている母が、手を休めることなく言う。

「本当に、あなたには呆れるわ。他人の借金を肩代わりするなんて」

母の声の調子は冷たく、相当、腹を立てている様子だ。それもしかたがないと彩夏は思う。父の知人が多額の借金をして、それを父に押しつけ、どこかへ逃げてしまったのだ。もし、約束の日までに返済できなければ、彩夏たちが今住んでいる都内のマンションを取りあげられてしまう。

「お父さんのせいじゃないもんね。お父さんは、その人を信じていたんだから」

父を慰めようと、彩夏は言った。シャツに汗がにじむ父の背に、そっと手を触れる。

「お人よしすぎるのよ」と、母がため息をつく。

「わぁ、すごいや！　虫がいっぱいいるよ！」

地面の穴をのぞき込んでいた、五歳下の弟の風太が、大喜びで言った。まだ一年生になったばかりの風太の隣では、ノアという名の黒く大きな犬が、長い尻尾を振っている。

「風太、この家のワンちゃんとすっかり仲よしになったね、お父さん」

彩夏は無邪気に遊ぶ弟を見て、思わずほほえんだ。

錆びた鉄柵に囲まれた広い庭。ぼうぼうに伸びたハーブやバラの木の中に、緑の屋根の家がある。ツタに覆われてひっそりと佇んでいる、森の中の古い小さな家。

「昔はかわいいおうちだったのかもしれないね……。今はかなりボロボロだけど」

一年前まで、おばあさんがひとりで質素に暮らしていたらしい。亡くなる前、愛犬の世話をして欲しいと、唯一の親せきだった男にこの家を残した。だが、男は犬にろくに餌も与えずこの家に放置した。そのうえ彩夏の父に、買い手のつかないこの家を高値で売りつけたのだ。

「この家の庭にお宝があるはずだ。先に死んだじいさんはかなりの金持ちで、ばあさんはその財産を金貨に換えて、庭のどこかに隠したらしい」と、男は父に言ったそうだ。

それが本当ならば、男が父にこの家を売るのはおかしな話だ。それでも、正直者の父はその言葉を信じている。そして、彩夏たち家族に残された最後の希望は、この庭に眠る幻の金貨を掘り当てることだけだった。

「おなかすいたよー。お昼ごはんにしようよー、お母さん。ノアも何か食べたいって」

風太が小さなスコップを草の上に投げて言う。

「おにぎりを作ってあるわよ。休憩して、食べましょう」

母がそう言って立ち上がり、タオルで汗を拭いながら家のほうへと歩き出した。

「わーい!」風太がノアと一緒に、母を追って駆け出す。

「お父さんも、ひと休みして食べようよ。あのバラの木の前にベンチがあるよ」

彩夏はまだ作業を続けたそうな父の腕を引っ張り、家のほうへと向かった。するどいトゲのあるバラの木が、大きく枝を伸ばしてベンチの上を覆っている。

「トゲが痛そう。これじゃ座れないね。すてきなベンチなのになぁ」

彩夏はがっかりして言った。母が木陰に広げたシートの上では、風太がノアにおにぎりを分け与えている。まるで、前からの親友のように仲がいい。

亡くなったおばあさんにかわいがられていたノアは、黒い大きなレトリーバーだ。彩夏たちがこの家に着いた時、ノアはおなかをすかし、軒下に丸まっていた。

「よかったね、ノア。だいぶ元気になってきたもんね」

彩夏が頭をなでると、ノアは喜んで尻尾を振った。まるで笑っているようだ。

「ノアね、穴を掘って、宝物を見つけたの！　えらいでしょう？」

風太のうれしそうな言葉に、家族全員がおどろいて息をのんだ。

「風太、父さんに詳しく教えてくれ。ノアは何を見つけたんだい？」

父が真剣な表情で聞く。風太はニッコリと笑って答えた。

「ほら、ゴムのボールだよ。ノアは庭におもちゃを隠してたんだ」

犬の足元には、泥で汚れたピンクのゴムボールが転がっていた。

「ノアは穴掘りが得意なんだよ」

父がため息をつく。それから立ち上がり、置いてあったシャベルを拾い上げて言った。

「ごちそうさま。うまい昼ごはんだったよ」

「あなたがそんなことを言うなんて。ただのおにぎりじゃないの」と母。

彩夏の父は、レストランのオーナーシェフだった。若い時に始めた小さな店は人気店となり、大繁盛した。だが、生きがいだったその店も、売るしかなかった。

「みんなで一緒に食べるとなんでもおいしいよ。森の中って木のいい香りがする」

彩夏はそう言って、澄んだ空気を吸い込んだ。真夏でも、木陰は涼しい。

「僕ねえ、ずっと犬を飼いたかったんだ！　マンションだと犬を飼えないんだもん」

ノアを抱きしめて、風太が笑う。それを見ていた母は、「そうね。ここには、都会にないものがあるわね……」とつぶやき、樹々の深い緑が重なる森の景色を眺めた。

そうして夏は過ぎ、返済の期限日が来た。やはり宝は見つからず、マンションは人手に渡ることになった。予想していた通りの結果だった。

「家も店もなくなってしまった。財産と呼べるものは、もう何ひとつない」

うなだれて謝る父に、母は言った。

「まあ、でもこれで借金もゼロになったじゃない。なんだか、スッキリした」

おどろいたことに、母はほほえんだ。

「毎日、土ぼこりにまみれて必死に庭を掘り返しているうちに、一生懸命だった若いころを思い出したの。何も持たず、結婚した時のことをね。でも、あのころとはちがって住むところはある。この、小さな家がね。小学校も意外と近いところにあるのよ」

「私、ここに住みたいな。みんなでおうちやお庭をきれいにするの、楽しそう」

彩夏の言葉に、父がうなずく。

「もう一度、初めからやり直すか。近くの町で調理師を募集していないか探してみるよ」

「いつかまたお店を持ちましょうよ。この家をレストランに改造するのもいいわね」

広い庭を見渡し、母は言った。「バラの咲く、すてきな庭になるわ」

緑の樹々の間からは、明るく美しい夏の光がこぼれていた。


「ノア。僕、おなかすいちゃった。家に戻ってごはんを食べようよ。おいで！」

風太がそう言い、赤く色づいた落ち葉を踏んで、庭を走り出す。

あれから一年以上たった秋。ベンチの下を掘り返していたノアは、脚を止めて小さなご主人様のうしろ姿を振り返った。せっかく、喜ばせようと思ったのに。

大きなご主人様がトゲに覆われたバラの木をきれいに切り戻して整えたから、ノアはベンチの下に潜り込めるようになった。それから何日もかけて、ようやくここまで掘ったのだ。ノアは穴の底にある、大きなふたつき陶器の壺を見下ろした。

昔、ノアをかわいがってくれたご主人様は、このベンチに座って言ったものだ。

「ノア。お前には教えておくわ。この下に、貴重な金貨がたくさん埋まっているの。夫が亡くなってから悪い人たちがやってきて、私を騙して財産を奪い取ろうとしたわ。でも、私は正直で親切な人に財産を渡したいの。お前を心からかわいがってくれるような人にね。それまでは、このバラがきっと金貨を守ってくれる……」

首をかしげて聞いていたノアには、その言葉の意味はわからない。だが、ひとつだけ、確かなことがあった。新しい小さなご主人様は、前のご主人様のように、ノアを心からかわいがってくれる。前の優しいご主人様を亡くし、生きる希望を失っていたノアの前に突然現れた、大好きな小さなご主人様。

穴の底に埋められた陶器のふたの上に、くわえていたピンクのゴムボールをポトリと落とし、うしろ脚でまたせっせと土をかける。あとで、小さなご主人様と一緒に穴掘り遊びをするためだ。

手入れされたバラの木には、美しい白い花が一輪咲いている。

片脚を上げ、バラの木の根元にチョロリとおしっこをかけてにおいをつけると、ノアは足取りも軽く小さなご主人様のあとを追いかけた。

未来日記

男には、ここ最近いいことが続いていた。

仕事でも好成績をあげ、会社での昇給、昇格が決まった。恋愛面でも、社内のかなり美人な女性から告白されてつき合うことになった。

さらに、ふと何の気なしに買ってみた宝くじで三億円が当たったのだ。

日ごろの行いがいいから？　いやそれはどうだか、よくわからない。けれど自分でも怖くなるくらい、いいことが連続している。

大金を得た男は、都心の高級マンションを買った。今日はそこに引っ越しをする。長年住んでいた、風呂なし、トイレ共同のボロアパートとは、おさらばだ。押入れの荷物を整理する。古い服なんて捨てればいい。高級マンションには似合わないし、新しいものを買えばいいだけのことだ。

ん、これはなんだっけ？

押入れの段ボールから、古ぼけた本が出てきた。

『未来日記』と書かれている。

ああ、と思い出す。確か、学生時代に手に入れたものだ。

男は、休日に古書店街に行って、自分が生まれる前に書かれた本を古本屋で見てまわることが好きだった。

ある時、古い本を見つけた。茶色くなった表紙には『未来日記』と書かれてあり、作者が想像した未来がつづられていた。

「何これ、おもしろいなぁ」と思った男は、思わず買ってしまったのだった。

男は『未来日記』を久しぶりにめくった。

どれどれ。

《六月二十一日　会社の仕事で、プロジェクトが成功して、会社は何億円ものお金がもうかりました。会社の社長からほめられて給料が上がることが決定しました。それに、十月からは今よりえらくなって、課長になることも決定しました》

これって……。

男は背中が寒くなるのを感じた。

今年の自分のことがそのまま、『未来日記』に書かれてあったのだ。

どういうことだろう？　ひょっとしてこの本は、オレの未来を予測していたってことか？

ページをめくると、次の日記。

《七月十六日　会社の女の人から、「好きだからつき合ってください」と告白されました。その人はとても美人で、会社の人たちから、うらやましい、と言われました》

男はスマートフォンを手にする。

今の彼女とつき合い始めたのは、確かに七月からだったような気がするが、実際の日づけまでは……あ、つき合った日に撮った写真の日づけが、七月十六日になってるよ。

すごい、すごいぞ、この本。

　ということは、宝くじも予言してるってことか。

《七月二十五日　仕事で東京の街を歩いている時、駅前に宝くじを売っている店があったので、当たるかもと思って十枚買いました。それからしばらくあとの、八月七日、宝くじ売り場で調べてもらったら、三億円が当たっていることがわかりました》

　バラ色の人生は、この本によってすでに約束されていたってことか。

《九月三日　宝くじが当たって、三億円が手に入ったので、都心の高級マンションを買いました》

《十月十八日　いよいよ明日、高級マンションに引っ越しをします。それまで、ボロアパートに住んでいたので、いらないものを捨てる決心をしました》

　お、いよいよ次のページが「今日」なのだな。

　男はゆっくりとページをめくる。

《十月十九日　今日はいよいよボロアパートから、高級マンションに引っ越しをします。

いらないものを片づけていると、昔、古本屋で買った本が出てきました。それを読んでいるうちに、その内容が実際に起こっているできごとだとおどろきます……》

これって、まさに今のことだ。

《……すると、玄関のチャイムがピンポーンと鳴りました。ドアを開けると包丁を持った男が入ってきて、その男に包丁で刺されて……》

ピンポーン！

時のはざま

リサは、カラスに襲われている悪魔を助けた。

高校への通学途中、ごみ置き場でカラスが騒いでいる。見ると、小さな黒いモノが動いている。リサはてっきり子犬か子猫かと思い、カバンを振りまわしながらごみ置き場へ突進し、カラスを追い払った。

その小さな黒いモノは子犬でも子猫でもなく、二本足で立つ黒いタヌキのようで、しかし、はっきりとした日本語で「礼を言う。オレは悪魔だ」と言ったのだ。

「動くおもちゃ？」

リサはキョロキョロと周囲を見回した。

バシバシッ!!

突然あたりに稲光のようなものが走った。

見ると黒いタヌキ（自称・悪魔）の持っている杖から煙が出ている。

「おもちゃではない。オレは本物の悪魔だ。カラスに杖を奪われ本来の力を失くしてしまった。でも杖を取り戻したからもう大丈夫」

「あ、そうですか、よかったです。それじゃ……」

リサは、おもちゃのようなものと話しているところを動画に撮られて、学校で広められでもしたら嫌なので、早々に立ち去ることにした。

「待て。オレも魔界の一員だ、人間に借りを作ったままでは帰れない。何か望みを叶えてやろう」

「いや、いいですよ、別に。学校遅れるんで……。小テストの勉強もしてないし」

「わかった、時間をやろう」

悪魔はフワッと空中から、黒い半円状の細い輪を出した。輪の中央に赤い宝石のようなものがついている。

「カチューシャ？」

「首につけるチョーカーだ」

そう言うと悪魔はそれをリサの首めがけて投げた。

チョーカーはスッとリサの首に収まる。

「時間を止めることができる魔界の逸品だ。中央のルビーを押せば、まわりの時間が止まり、お前だけが動ける。再び押すと、元に戻る。やってみろ」

リサはチョーカーを右手で探って、真ん中のルビーを押した。

止まった。行きかう車も、駅へ向かうサラリーマンも、ごみを出しにきたおばあさんも、みんなピタッと動かない。

何の音もしない。

「すごい……止まってる」

「ようやく信じたか。どうだ、欲しいか？」

「うん、あ、はい！　欲しいです」

「では、この止まった時の中で存分にテスト勉強をするといい。ただし、ふたつ注意事項がある。ひとつ、場所の移動には使えない。時を止めている間、どれだけ遠くへ行っても、ルビーを押せば、元いた場所に戻る。ふたつ、何といっても魔界の品だ、悪運を引き寄せることがある。使いすぎには気をつけろ。では、これで借りは返したぞ」

悪魔は、リサの目の前から消えた。

リサはためしに、時間を止めて三歩うしろに下がってから、再びルビーを押した。

時間が動き出すと、リサの身体は三歩前に戻っていた。

（ほんとだ。これじゃ遅刻には使えないや）

リサは学校まで走った。教室に入ってもだれもリサのチョーカーには気づかない。見えないようだ。自分の席に着くと、もう一度ルビーを押してみた。

さっきまで騒がしかった教室が、シンと静まり返る。

だれもぴくりとも動かない。近づいて確認する。呼吸も止まっているようだ。

時間を動かしてみた。一気に騒々しくなる。

リサは、もうテスト勉強などする気にはなれない。あっちに行ったりこっちを見たり、時間を止めたり動かしたりして遊んでいるうちに、少しずつ時間は進み、英語のテストが始まった。

当然、テスト中に時間を止めて、堂々と教科書を広げ、答えを見る。

「こうやってテスト中に答えが見られるなら、もう勉強しなくてもいいじゃない！」

リサは勉強をしなくなっただけでなく、大好きな本やマンガを買わなくなった。時間を止めれば、何時間でも書店で立ち読み、座り読みができるのだ。しかも、どれだけ読み散らかしても、時間を再スタートさせれば、皆、一瞬で元の位置に戻る。

むしゃくしゃした時には、時間を止めて街のごみ箱を倒したり、お店の商品を道にまき散らしたりした。時間を動かせばすべて元通りだ、罪悪感もない。

ただひとつ難を挙げるとすれば、この「位置が変わらない」特性のせいで、大嫌いな体育には使えない、ということだ。走る距離をごまかすこともできず、ボールもうまくキャッチできない。腕立て伏せも腹筋もやるべき回数は減らせない。

「万能の力、とはいかないのね。でもまあいいわ。十分楽しんでるし」

リサは時々、「悪運を引き寄せる、使いすぎに気をつけろ」という言葉を思い出したが、そもそもどれくらいが使いすぎかわからないうえに、目立って嫌なことも起こらないので、そのうち忘れてしまった。

「リサ！　あぶない！」

半年ほどたった下校途中、建設中のビルの前に差しかかったとき、うしろから友だちの声がした。

リサはとっさにチョーカーのルビーを押す。

時間を止めて見ると、建設中のビルからリサへ向かって、大きな鉄骨が何本も倒れてきている。

「危なかった！　よく気づいてくれたな」

振り返って、止まったままの友だちに近寄ろうとしたら、友だちが気づいたのはそれだけでないことを知った。

うしろに下がると、リサの頭上に草花の植わったプランターが落下してきているのだ。見るからに土がたっぷり入っていて重そうだ。

建設中のビルの隣は、住民の住んでいる古いマンションで、見上げると三階のベランダからおばさんが、「しまった！」という顔で下を見ている。

「前は鉄骨、うしろはプランターか、すると横に逃げるしかないな」

ところが右うしろには、前カゴから傘を突き出した自転車が二台並んで迫ってきている。右に飛びのいたら、即刺さる。左には、車がビュンビュン行きかっている大きな道がある。

「どこによけても、時間を動かした瞬間に死にそう。これが悪魔の悪運か……」

リサは悩んだ。静寂も続けば怖くなる。けれど、潔く死ぬ気にもなれない。

止まった時間の中で、長らく考えて結論を出した。

ストップウォッチの早押しゲームのように、チョーカーのルビーをパチパチ押し、時間を一瞬ずつ進める。現実世界をストップモーション風に動かしながら、その都度、安全な体勢を確保する、というものだ。

パチパチ。パチパチ。パチグシッ……。

「うわっ、ルビー取れるっ！　魔界の逸品、耐久性ない！」

数回の連打でルビーがズレた。これ以上連打すると、壊れるかもしれない。

「どうしよう……。よけい状況が悪くなったよ」

パチパチ時間を進めたせいで、鉄骨とプランターと傘は、さっきよりリサに近づいている。

こうなったら、時間を動かした瞬間、身体をひねりつつ右斜めうしろに下がり、傘の切っ先をかわしつつ、自転車を押し倒してでも、プランターから逃れるしかない。

「できるのかな？」

練習するが、背筋が弱く身体が反らない。すぐに倒れてしまう。

「こうなったら、身体をきたえるしかないか。ま、時間は存分にあるんだし」

リサは、時のはざまでひとり、大嫌いな筋トレを始めた。

●執筆担当

桐谷 直（きりたに・なお）

新潟県出身。ホラー、ファンタジー、青春など、幅広いジャンルを執筆。近年ではコミックの原案や学習参考書のストーリーを担当するなど、活躍の場を広げている。近著に、『冒険のお話を読むだけで自然と身につく! 小学校で習う全漢字 1006』(池田書店)がある。

たかはし みか

秋田県出身。編集プロダクション勤務を経てフリーライターに。小中学生向けの物語のほか、伝記や読み物など児童書を中心に、幅広い分野で活躍中。著書に、「もちもちぱんだ　もちっとストーリーブック」シリーズ（学研プラス）がある。

ささき かつお

東京都出身。出版社勤務の後、フリー編集者、ライター、書評家となる。2015 年に、第5回ポプラズッコケ文学新人賞大賞を受賞。受賞作の『モツ焼きウォーズ　立花屋の逆襲』（ポプラ社）で、2016 年にデビュー。

萩原弓佳（はぎわら・ゆか）

大阪府出身。2014 年、第 16 回創作コンクールつばさ賞童話部門優秀賞受賞。2016 年、受賞作『せなかのともだち』（PHP 研究所）でデビュー。2015 年、『お子さまディナー』で第 37 回子どもたちに聞かせたい創作童話第2部入選。日本児童文芸家協会会員。

装丁・本文デザイン・DTP	根本綾子
カバーイラスト	吉田ヨシツギ
校正	みね工房
編集制作	株式会社童夢

3 分間ノンストップショートストーリー
ラストで君は「まさか!」と言う　時のはざま

2017年 5 月 2 日　第 1 版第 1 刷発行
2024年 2 月20日　第 1 版第12刷発行

編　者　PHP 研究所
発行者　永田貴之
発行所　株式会社PHP研究所
東京本部　〒 135-8137　江東区豊洲 5-6-52
児童書出版部　TEL 03-3520-9635（編集）
普及部　TEL 03-3520-9630（販売）
京都本部　〒 601-8411　京都市南区西九条北ノ内町 11
PHP INTERFACE https://www.php.co.jp/
印刷所・製本所　TOPPAN株式会社

ISBN978-4-569-78648-3

NDC913 207P 20cm